Un parfum de moka et de térébenthine

Christelle Saïani

Un parfum de moka et de térébenthine

roman

© Christelle Saïani, 2025
Édition : BoD · Books on Demand,
31 avenue Saint-Rémy, 57600 Forbach, bod@bod.fr
Impression : Libri Plureos GmbH, Friedensallee 273,
22763 Hamburg (Allemagne)
ISBN : 978-2-3225-6023-3
Dépôt légal : janvier 2025

À Pierre-Yves, pour le déclic…

Qu'est-ce que l'on est quand on ne peut plus être soi-même ? Alain Pontaut, *La sainte alliance*

Et rien de cet amour, comme rien de ce qui a été, ne pourra jamais être effacé. Jean d'Ormesson, *Un jour je m'en irai sans en avoir tout dit*

(Février 2020, les mots bleus)

Le sentier, aussi ténu qu'un filet d'eau, serpente à présent dans un éboulis de roches colossales pour se jeter dans le ciel. Sept cents mètres de dénivelé les séparent de la surface turquoise du lac, réduite, d'ici, à une fine goutte de lumière bleue, sertie dans le vert immense du massif. Elle lui sourit, lui donne rendez-vous au paradis, c'est ce qu'il croit comprendre, il n'en est pas sûr à cause des mots qui se perdent dans le vent. Elle disparaît, avalée par la montagne. Il la suit dans le goulet, trois cents mètres tout au plus, en assurant chacun de ses pas. Derrière l'empilement des blocs calcaires, il devine bientôt la géométrie d'une croix gigantesque, haute de plusieurs mètres, découpée sur une toile tendue, d'un bleu profond. Un bleu qui lave, un bleu d'espérance.

— Alors ?
— Tu avais raison, c'est magique !

La croix se dresse sur la crête comme dans le chœur d'une cathédrale. Imposante, grandiose, épurée, presque austère à sa base.

— Le socle est en pierre, il mesure dix mètres. La croix est en fer et en mesure huit. Tu te rends compte, elle est aussi grande qu'un immeuble de cinq étages. Regarde, j'ai l'air minuscule à côté !

C'est la première fois que Samuel vient ici, au sommet de la Sainte-Victoire, colonne minérale dressée entre terre et ciel, que sa mère a choisie comme lieu de pacification. Nathalie se tient à côté de lui, la tête enfouie dans les épaules, le duvet du cou hérissé, la peau grenue. Elle se frotte vigoureusement les bras, il lui frictionne le dos, ils rient parce qu'ils ont froid tous les deux. Elle embrasse l'horizon, émue, presque solennelle. Ses joues sont des pommes vermeilles. Elle paraît encore très jeune malgré ses ridules discrètes au coin des yeux et l'ovale un peu relâché du visage, une grande ado aux mèches folles, un peu rebelle, qui ne s'habille toujours qu'en tee-shirts trop longs, jeans et Converse. Samuel la sent parfois si vulnérable qu'il la protège d'instinct. Elle a quarante-six ans, dix-neuf de plus que lui. Aujourd'hui, Nathalie revient ici pour réconcilier passé et présent.

Ils s'avancent encore de quelques mètres, s'assoient au bord de la falaise, le froissement du vent dans les oreilles. La vue y est vertigineuse. Sous leurs pieds, une muraille de roche ivoire et cendrée, abrupte, plonge d'un élan furieux dans la végétation. Devant, un tapis bossu de collines vertes, l'infini de l'azur. Derrière, le clocher et les tuiles rousses du Prieuré. Nathalie extrait une boîte de son sac à dos, la cale entre ses jambes. À l'intérieur, des dizaines de morceaux déchiquetés forment un dôme de neige blanche piquetée de bleu.

— C'est drôle, je l'ai réduite en pièces mais je n'ai jamais pu m'en défaire. Dans la lettre, il me demandait pardon. Il me disait que ton oncle et moi étions les deux amours inconditionnels de sa vie, qu'il n'avait jamais voulu me faire de mal... Je lui ai rendu la vie si difficile. Parfois, je me demande si je ne suis pas responsable de sa mort.

— Bien sûr que non !

— En tout cas, c'est moi qui aurais dû lui demander pardon quand il était encore temps. C'est ce que je viens faire avec toi aujourd'hui, je viens réparer mes erreurs.

Elle saisit le petit tas de neige sur lequel Samuel devine les mots mutilés de son grand-père, Louis. Une écriture penchée, irrégulière et torturée, une course éperdue vers sa fille. Des mots d'amour couverts de culpabilité, de remords et réduits à cendres. Elle ouvre la main et les lance énergiquement vers le ciel. Le mistral les soulève dans l'air froid comme une pluie de confettis. Les mots tourbillonnent, se dispersent dans la lumière, s'éloignent et la libèrent. Des flocons artificiels et éphémères pour recouvrir les erreurs du passé et remettre les compteurs à zéro.

LOUIS

(Juin 1970, la fenaison)

Dans le geste mille fois répété, la main place la pierre sur le fil de la faux, la frotte vigoureusement en décrivant des arcs, depuis le talon vers la pointe, de part et d'autre de la lame. Le manche est fiché dans la terre, l'avant-bras gauche en appui sur la côte. Le grès, toujours mouillé pour plus de souplesse, glisse sur le métal en produisant un son aigu. Autour de Louis, les hommes s'affairent à la même tâche, précis, concentrés. Ils affutent bruyamment leur faux, comme des soldats leur épée, rangent la pierre dans l'étui fixé à leur ceinture avant de se déployer sur le champ. Alignés côte à côte, face à la pente, en grains serrés.

Ensuite, il faut ajuster le corps, écarter le compas des jambes, fléchir légèrement les genoux, pieds asymétriques. Le reste est une danse ancestrale, un corps-à-corps lent et régulier pour se mettre au diapason du sol. Les herbes hautes et les hommes s'enlacent, les bras bercent, s'ouvrent et se ferment, la colonne pivote et décrit des demi-cercles réguliers : coup de faux en appui sur le pied droit, course de retour sur le pied gauche, coup de faux sur le droit, retour sur le gauche, inlassablement. Le corps ne travaille pas en force, mais en adresse, il se préserve et se balance. Les tiges sont tranchées au ras du sol, par à-coups, dans un bruit de baiser métallique. Une sorte de sifflement, ample et périodique. Toute la vallée résonne bientôt du son des lames.

La faux choisit ce qu'elle prend au champ et ce qu'elle lui laisse, elle l'effleure et ne le meurtrit pas. La luzerne, le trèfle violet, la fétuque et le dactyle tombent en libérant un parfum entêtant, vert et frais. Louis aime éperdument cette odeur, celle du vertige de la terre : elle annonce bientôt l'été, son écrasante chaleur et les grandes vacances. Il progresse sur sa rangée, le dos ruisselant de sueur, les bras verdis, couverts de poudres végétales. Dans leurs couloirs invisibles, les autres silhouettes avancent, au même rythme, elles aussi légèrement penchées, silencieuses, prolongées de leur aile d'acier : à droite, son père et son oncle, agriculteurs comme leur père avant eux, et avant lui le père de leur père. À gauche, quelques cousins et amis en appui pour les gros travaux agricoles. Des saisonniers bien sûr. Ils viennent de la région, d'Italie ou d'Espagne.

Progressivement, l'herbe coupée forme, aux pieds des hommes, de petits tas rectilignes, parallèles à leur avancée. Elle doit sécher rapidement sinon elle va pourrir. Aujourd'hui, il n'y a pas beaucoup d'air mais il fait chaud, le temps idéal pour faner. Un travail pour les femmes et les enfants : le cortège prend possession de la terre, remuant et bavard. Les plus jeunes sont très excités, une nuée d'oiseaux colorés et gais qui soulèvent méthodiquement les herbes à la fourche comme s'ils cherchaient des graines, les dispersent ensuite uniformément au râteau. Dans cette clameur chaude, l'air s'agite de particules pailletées et d'insectes. Il bourdonne, vrombit, s'emplit d'arômes et d'ailes minuscules aux trajets d'électrons. La coupe ne se fait pas manuellement sur toute la surface du champ, elle est mécanisée dans la partie plane.

Louis n'a pas encore atteint la majorité, il n'a que vingt ans. Il part faire ses classes dans quelques semaines. Jusqu'à présent, lui et ses longues mèches ont bénéficié d'un sursis, grâce à ses études. Bientôt, elles tomberont sous les coups de ciseaux ou le sabot de trois millimètres, le grand rite de passage de la conscription. Il est le plus jeune ici à tenir une faux, le plus grand aussi. Gaillard d'un mètre quatre-vingt-dix à la peau mate et aux larges épaules. Visage rectangulaire, cheveux épais dans la nuque, pommettes hautes et franches, joues couvertes d'un fin duvet brun. Les copains le chambrent sur son physique : il ressemble à ce chanteur israélien, Mike Brandt, dont le premier titre inonde toutes les ondes.

Laisse-moi t'aimer toute une nuit
Laisse-moi toute une nuit
Faire avec toi le plus long, le plus beau voyage
Veux-tu le faire aussi ?

Sa mère clame aussi sans arrêt qu'il est beau garçon, qu'il n'aura que l'embarras du choix. Il paraît que c'est objectif, la beauté, presque mathématique, même pour une mère, les points de force et les défauts d'aplomb se mesurent bien pour les chevaux. Elle nourrit des « ambitions » pour lui : il étudie dans une école de commerce, il en sortira cadre. Si l'appartenance à une classe définit l'identité d'un homme, il fallait rompre avec cette filiation de la terre. Ce qu'elle qualifie d'ambitions, c'est surtout le désir d'une vie moins lourde pour son fils, plus confortable, quatre semaines de congé, le luxe de vrais dimanches. Le travail ingrat et horizontal de la terre courbe le dos avant l'heure, elle en sait quelque chose, elle accuse bien son âge. Louis préfèrerait qu'on lui foute la paix avec ça. Ce besoin de revanche sur le déterminisme ne le concerne pas. Il n'aspire pas non plus à se marier, il a d'autres ambitions, d'autres rêves mais les attentes de ses parents l'obligent déjà.

— On s'arrête pour déjeuner.

Tout le monde pose sa faux, éponge son front, rincé par le soleil, déjà presque au zénith. En juin, le soleil de Provence est une fièvre, l'été, un tyran qui mord l'écorce des arbres, brûle les champs et les insignifiants insectes charbonneux qui y travaillent. Les hommes se détendent, massent vigoureusement leur épaule, commencent à discuter. Ils rejoignent les groupes des champs voisins. La fenaison, c'est aussi l'occasion de retrouver les autres familles, celles des exploitations qui jouxtent la propriété. L'opportunité de se mêler à d'autres corps. De partager le pain, le vin et ses enfants, avec une fausse nonchalance. Une occasion de plus, presque innocente, de favoriser le rapprochement. Un bal en plein champ, sans lampions ni orchestre. Avec la lumière crue du jour, pour voir le grain des peaux et les formes, sous le regard complice des chaperons familiaux.

Les filles portent les paniers de victuailles, servent les hommes. Ingénues. Tentatrices. Chastes ou désinvoltes, selon. Elles circulent entre eux, gorgées de soleil, les cheveux défaits et libres, des rivières d'algues brunes, parfumées de lavande, de poire ou de verveine. Leurs seins, timides ou généreux rebondissent sous les blouses de coton et les chemisiers entrouverts. Blancs, cuivrés, galbés et ronds, en forme de pommes. Plus larges sous les aréoles, en poires mûres. Fermes, élastiques. Veloutés, couverts de poils fins et dorés. Tachetés de grains de beauté, parfois irisés de petites vergetures roses. Lourds. Avec des mamelons turgescents, dansants, hypnotiques, des bourgeons tendus qui pointent sous les tissus. Parfois, les doigts se frôlent. Je te sers du vin ? s'enquièrent-elles. Le verre devient calice, quelques millimètres de transparence sur lesquels glissent les désirs. Sers-moi du vin, avec plaisir, approche un peu et laisse-moi te picoter la bouche. De simples divagations de l'esprit, il y a loin de la coupe aux lèvres. Une tranche de pain ? Sous les jupes, les cuisses se dévoilent, sensuelles et musculeuses. Des jambes massives de campagnardes qui avalent l'espace, réduisent sans fatigue les hectares de forêts à des jeux de cour, se campent dans la terre. Ou alors légères et délicates comme des porcelaines. Les regards se fichent droit dans les yeux, emportent parfois le cœur. Ils se cherchent, se soutiennent, jouent, se jaugent, allument des brasiers invisibles, s'évitent et jettent, avec une indifférence feinte, savamment calculée, de l'huile sur le feu.

    Les hommes n'ont besoin d'aucune autre récompense, ils glanent, reconnaissants, les plaisirs qui se posent sur leur langue : rillettes brunes, saucissons, oignons crus, anchois, fromages, pain, cerises, en se lavant le gosier de vin rouge. Imprimés au fond de leur rétine, la peau, l'arrondi des courbes, les chevilles étroites, les fesses dodues, le vallon des seins, les cheveux de sirènes. Tous ces fragments de chair font naître un appel chaud au bas du ventre. Un délicieux tiraillement. Parfois, le désir se dresse, palpitant et incongru. Les garçons, embarrassés, font ce qu'ils peuvent pour le cacher. À vingt ans, la chair est réactive, ils bandent au premier coup de vent. Ils ne sont pas en reste, se donnent aussi à voir, ruisselants, le torse nu, pendant que leurs vêtements, trempés de sueur, sèchent sur les branches. La fatigue du travail s'éclipse temporairement, au profit de la longue mélopée des phéromones. Démonstration de force, rires tapageurs, claques viriles dans le dos, les muscles saillants en étendard. Voix grave surjouée. Regarde-moi, entends-moi, je suis un homme. Autour de Louis, les filles gravitent et roucoulent. Elles rivalisent de charme, ont de l'audace pour deux.

 Le déjeuner se termine, le fauchage va bientôt reprendre. Les filles rangent les provisions dans les paniers. Les regards glissent encore un peu, rebondissent d'un corps à l'autre, gourmands : la prochaine fois, ce sera demain. Les enfants piaillent et jouent, pieds nus, les cheveux collés aux tempes. Les hommes, réunis en cercles, fument. Les plus âgés discutent de l'andainage, du ramassage du foin, de fourchées bien aiguillées, d'épaules roulées à l'avant des chars. Une autre mélopée, moins sensuelle.

Louis, à l'écart du groupe, profite des dernières minutes de pause, sous l'ombrelle grise d'un olivier. Sa chemise finit de sécher sur une branche. Il contemple, les yeux plissés, la lourde échine minérale qui lui fait face, paumes ouvertes, les doigts collés aux herbes : une gigantesque dent calcaire au-dessus de laquelle gravite lentement un rapace. Le Garlaban.

— Tu en veux une ?

Manuel l'extrait de sa rêverie. Il s'est assis juste à côté de lui. C'est la première année que ce trentenaire aux grands yeux noirs travaille pour son père. Louis l'a déjà vu sur d'autres chantiers agricoles. Il en sait peu sur lui : il a quitté l'Espagne franquiste quand il était môme, son vieux a laissé derrière lui la lumière des monts cantabriques pour les boyaux des mines houillères d'Alès. Il ne parlait pas français, alors il a accepté le travail qu'on a bien voulu lui donner pour nourrir sa famille. Manuel, lui, a quitté l'école après le certificat d'études, pour ramener un peu d'argent à la maison. Depuis, il est ouvrier agricole. Dans les Alpes pour la cueillette des pommes et des poires, dans la zone aubagnaise pendant la fenaison, les vendanges, la moisson. Libre, c'est ce qu'il se plaît à dire. Il n'a pas vraiment eu le choix mais se montre philosophe. La terre est le plus sûr employeur. Il tend une cigarette à Louis, l'encourage d'un hochement de tête, un fin sourire de tentation aux lèvres.

— C'est gentil mais je ne fume pas.

— Tu n'es plus un gosse, essaie.

Louis se redresse, aimerait bien, hésite. Il cherche son père des yeux, le voit fixer sur lui son regard empli d'alcool.

— T'attends quand même pas ma bénédiction pour prendre une sèche, bêta ? Fumer, c'est comme boire ou faire la bête à deux dos, tu sais quand t'es prêt !

Rires gras et gloussements collectifs, sa mère en tête. Va pour une cigarette. Celle que Manuel glisse malicieusement au coin de sa bouche lui donne tout de suite un peu plus d'aplomb. Son regard change. C'est subtil, mais il le ressent.

— N'oublie pas de mouiller un peu tes lèvres. Et ne recrache pas tout de suite la fumée sinon tu auras l'air d'un puceau.

— Je ne suis pas un puceau !

Une vraie colère gueularde en forme d'aveu. Immédiatement, il juge sa réaction idiote. Manuel, amusé, se rapproche de lui pour allumer sa cigarette. Louis aspire une première et longue bouffée. Dans cette lampée de feu, il y a les plaines d'Arizona, les gorges rouges du Grand Canyon et le mythe de la route 66, toutes les promesses de Marlboro Man, vantées sur des panneaux de quatre mètres sur trois à l'entrée de la ville. Il y a surtout le désir ardent d'être vu comme un homme. Un homme, ça ne crapote pas. Malheureusement, la langue brûlante du goudron bloque sa respiration et il recrache la fumée âpre qui lui décape la gorge, dans l'hilarité générale.

— Bravo ! Belle démonstration de virilité !

Manuel lui tend la main, le relève et lui assène une claque douce entre les omoplates. Louis toussote et rit de mauvaise grâce. Il n'est finalement pas tout à fait prêt pour le tabac, ni pour le reste, malgré l'envie.

Ils ont dîné, une grande tablée de corps fourbus autour d'un plat de poulpe. Les pommes de terre cuites sous la cendre accrochaient la lumière du lustre dans leur gangue fripée d'aluminium. Des rires forts, des coups de tambour et des tonnerres qui jaillissaient de la gorge. Parents, cousins, amis, saisonniers, Louis, tous ensemble, les coudées franches, pour se vider de leur fatigue et reprendre des forces. Le vin a encore coulé, généreux. Ils se sont dit à demain.

Le corps de Louis s'est glissé dans les draps froids, ses muscles, endoloris, se détendent aussi sûrement que s'ils plongeaient dans l'eau fraîche d'un lac. La fenêtre de la chambre grande ouverte, il entend crisser les grillons sortis de terre. Le champ vibre ce soir. Louis peut voir un petit bout de nuit dans l'angle, un rideau de noir profond constellé de poussières d'or. Il repense à cette journée, au travail cadencé de la faux, aux odeurs vertes du champ, à celles fruitées des filles, à son père. Aux piques familières de Manuel. Aux regards échangés, au cuir des peaux. À l'attrait fascinant de la bête à deux dos, cette bête siamoise dont il ignore tout. Bouches accolées, pont de chair. Un seul bassin, une seule région sacrée, l'épicentre des secousses et des plaisirs. Il ferme les yeux, glisse doucement sa main sous l'élastique de son pyjama, imagine que ce n'est pas la sienne, fixe la pensée d'un corps particulier, sur lequel se concentrent ses désirs.

(Mars 1973, le petit miracle)

Ils se retrouvent deux dimanches par mois. Louis, sa femme, les parents de Louis et sa grand-mère maternelle, veuve de guerre dont la garde-robe marque le deuil sans fin : jupes noires, chemisiers noirs, bottines noires, fichu noir. Avec elle, la vie ne prête pas à rire, autant annoncer d'emblée la couleur. Chaque jour que Dieu fait, Yvonne migre dans la maison de son gendre et de sa fille comme si elle était chez elle. Indélogeable, sévère, exigeante. Elle quitte ses chaussures à l'entrée, les troque contre des charentaises l'hiver, des patins l'été. Elle porte un avis tranché sur tout, ne se censure jamais, ne se soucie pas le moins du monde de leur intimité. Les parents de Louis ont appris à composer avec ce meuble vivant, fin d'époque victorienne, depuis trente ans. Vautrée de l'aube au crépuscule dans le molleton du fauteuil, près de la cheminée, Yvonne ressemble à une vieille chatte ébène, édentée et osseuse que rien ne pourrait distraire de son repos. Elle regarde d'un œil noir son petit monde s'affairer autour d'elle sans bouger le petit doigt, elle a bien assez souffert, consent en maugréant à lever ses pieds pour laisser glisser le balai ou la serpillière. Elle ne quitte son fauteuil que pour passer à table, où elle dissèque son assiette du bout de la fourchette, suspicieuse, sans s'acquitter du moindre compliment. Il ne faudrait pas ramollir sa fille avec des mièvreries, même si ses plats sont bons. Le seul qui puisse l'égayer et l'attendrir, c'est Louis. Elle lui voue un véritable culte, le trouve irrésistiblement beau, drôle, intelligent. Une grand-mère partiale, exclusive, évidemment intraitable avec l'épouse de son petit-fils, Marie, qui fait le dos rond avec beaucoup de résilience. Ces rendez-vous immuables, journal d'information en bruit de fond, scandent les semaines et alternent avec les deux autres dîners dominicaux du mois, chez les beaux-parents, dans une atmosphère symétrique et un décor beaucoup plus bourgeois.

Louis a épousé Marie en mai dernier : les chiens ne font pas des chats, des parents honnêtes élèvent des enfants honnêtes, qui reproduisent le schéma familial. Il a bu ces valeurs au sein maternel, chaque punition ou encouragement dans l'enfance en a précisé les contours, avec l'appui pédagogique de quelques bonnes taloches paternelles. Le sacrement est la seule porte d'entrée légitime pour le couple, le sexe et les enfants. Louis ne souhaitait pas se battre contre ses parents, cela n'aurait servi à rien. La société n'offre de toute façon pas plus de nuances dans le paradigme de ses valeurs. Une fille mère est l'ivraie de sa famille. Une pute, une dévergondée, une coureuse, une gaupe, une catin, une gourgandine, une sauteuse, une honte. Autant de mots accrochés comme des fétus de paille à ses cheveux pour dire qu'elle est une fille facile à prendre. Une fille honnête se réserve et arrive pure au mariage, elle appartient à son père avant de se soumettre à son mari. L'homme donne toujours le cap. La femme, dans une domesticité intellectuelle admise, ne le conteste pas, même s'il s'avère moins avisé qu'elle. Un garçon est modelé en revanche pour reprendre le flambeau, faire la fierté de sa famille, imposer sa volonté, relever les défis. Pour « tenir » l'alcool, aimer les armes, la vitesse, être dur à la douleur, fumer sans broncher le plus mauvais tabac de troupe, manger comme un ogre, pisser loin et bander dur. Bref, un garçon est fait pour découvrir l'Amérique et marcher sur la Lune, sinon il passe pour un geignard, un péteux, un faiblard. En d'autres termes pour une gonzesse. Fillette, mauviette, femmelette, minette. L'univers de l'un, droits et devoirs, est donc pour l'autre un rivage jamais visité.

L'année de son service militaire, Louis a fait la connaissance de Marie, une amie de sa cousine. Il l'a rencontrée à l'occasion d'une permission. Elle lui a tout de suite plu. Curieuse, vive, aussi timide que lui. Elle tenait un livre dans les mains, il lui en a demandé le titre. *Au bonheur des dames*, son roman préféré. Il lui a avoué qu'il lisait peu, elle lui a répondu, le livre, c'est tout ce que tu aurais pu être et que tu n'es pas, la vie décuplée, sans limites. C'est vivre davantage et plus fort. Un autre temps, d'autres espaces. Pas d'interdits. Une autre peau. C'est mourir et renaître, souffrir, mais pas plus que ce que tu ne peux supporter. Une autre peau, une idée vertigineuse. Il s'est demandé si elle aussi cherchait à échapper à quelque chose. Il l'a invitée au cinéma et il l'a embrassée. Avec elle, les moments de permission avaient un vrai goût de vacances. Écume et lumière, colliers de varech, pieds dans l'eau, sans la mer. Marie est intelligente, moderne, cultivée, généreuse et gaie. Il a décidé de l'épouser.

Marie est tombée rapidement enceinte, deux mois seulement après le mariage. Elle est entrée la semaine dernière dans son neuvième mois de grossesse. Son ventre est un gigantesque obus marbré. Régulièrement, il se déforme, se distend, s'anime d'une vie propre, comme une pâte levée secouée de grosses bulles d'air. Des moments fugaces, suspendus, qui font le bonheur de Louis. La main en cornet, il plante ses mots d'amour droit sur le nombril de sa femme, en espérant que le pavillon de son bébé les reçoive derrière la muraille de peau. Apollon 11, m'entendez-vous ? Ici, la Terre. Papa vous aime. Il sera un nouveau père, dans un modèle moins rigide de division des rôles, ne se limitera pas à l'exercice de sa seule autorité. Il touchera son bébé, le prendra dans ses bras, construira avec lui des châteaux de sable, lui apprendra à tenir l'équilibre sur un vélo. Il ne veut pas ressembler à son père dont le seul contact physique s'est borné à une main posée sur l'épaule, le jour où il a obtenu son bac. Une main rêche et une poignée de mots. « C'est bien, fils ». Pédagogie de l'ordre, autorité, silence à table, des mots avares le reste du temps. De toute façon, on ne discutaille pas avec un môme, les jacasseries, comme les bondieuseries, sont féminines. Un cadre d'éducation austère, malgré une affection pudique. Les temps changent.

Ils dégustent leurs oignons farcis, saucent leur assiette, vident les verres, bercés par le brouhaha de la télévision. Les premiers résultats des élections législatives viennent de tomber, la majorité gaulliste a perdu quatre-vingt-dix-sept sièges à l'Assemblée mais Pierre Messner est reconduit au poste de premier ministre. Louis voudrait qu'on lui passe le sel. Délicieux, les farcis. Son père réplique qu'on l'a échappé belle. Sa mère demande si quelqu'un souhaite reprendre un oignon. Yvonne en mangerait bien un autre, celui que sa fille lui a servi était maigrichon, à croire qu'on lui plaint la nourriture. Elle dit ça, sans se départir de sa ride du lion, noyée dans le lacis de ses innombrables autres rides. Marie boude un peu son assiette, tassée sur sa chaise, grimace de temps en temps. Le père de Louis continue d'interpeler le présentateur. C'est sûr, les socialo-communistes les auraient menés tout droit à la dictature marxiste. Ses convictions politiques se bornent toujours aux mêmes poncifs étroits, récités comme des litanies. L'héritage de la grandeur gaulliste, les chèques sans provisions des socialistes. La France a besoin d'ordre. La France a besoin d'ordre ! Parfois, Louis s'oppose à lui, le dîner tourne à l'aigre et prend rapidement l'allure d'une guerre des tranchées. Les effets de la bipolarisation. Quand son père manque d'arguments, ce qui arrive très vite, le débat se clôt par un coup de poing virulent sur la table. La messe est dite et on passe au dessert. Pas d'empoignade ce soir, de jurons ni d'éclats de voix mais Louis aurait préféré que Mitterrand et l'Union de la gauche emportent les suffrages.

Soudain, ils entendent le grincement pénible d'une chaise, la respiration forte de Marie. Ses mains crispées au niveau de l'aine, elle regarde, hypnotisée, un faible liquide se répandre sur le sol. Le père, coupé dans son élan gaulliste, roule des yeux effarés. Il se demande si sa belle-fille vient de pisser sur sa chaise. Silence anxieux de Louis qui ne saisit pas tout de suite. Marie se lève lentement en tenant son ventre, balbutie des excuses. Un pan de robe colle à ses fesses. La mère de Louis, pragmatique, jette un torchon sur les tommettes.

— Tu viens de perdre les eaux ma fille. T'as aucune contraction ? Pas de douleurs ?

— Si, j'ai quelques contractions depuis tout à l'heure, elles tirent un peu, je pensais que c'était la fatigue. Il reste encore trois semaines avant le terme.

— Dépêchez-vous de finir vos assiettes, il ne va pas falloir traîner avant de partir à l'hôpital. Et prenez des provisions, ça peut durer un peu c'te affaire-là.

Ils parcourent, dans la deux-chevaux, les trente kilomètres qui les séparent de la maternité, après un rapide crochet pour prendre la valise. Chacun dans ses pensées. Le père de Louis n'en mène pas large dans l'habitacle. Passablement excité par les débats politiques, donc franchement alcoolisé, il s'accroche au coton de ses réflexes, à sa connaissance du trajet et à sa bonne étoile pour avaler la route sans dommage. Le peu de trafic y aide bien aussi. Il se réjouit d'être resté silencieux à table, il aurait vraiment eu l'air d'un con. En jetant régulièrement des regards obliques dans le rétroviseur pour s'assurer qu'une tête sanguinolente n'est pas apparue entre les cuisses de sa bru, il se demande pourquoi l'accouchement, qui est une affaire de bonnes femmes, s'est déplacé dans les cliniques et les hôpitaux. Louis est né à la maison, comme tous les mômes de sa génération. La chambre chauffée un peu plus que d'ordinaire, une toile imperméable jetée sur le matelas, des bassines, des mètres de linge. La sage-femme a ordonné de faire bouillir de grandes quantités d'eau, stérilisé les cuvettes à l'alcool et à la flamme, pour l'asepsie qu'elle a dit. Elle l'a encouragé à rester, parce que l'accouchement est « une affaire de couple ». Foutaise. Alors, il a enchaîné les va-et-vient pour ramener de l'eau propre, histoire de ne pas rester dans l'ambiance confinée de la chambre et les hurlements continus de sa femme, en laissant à sa belle-mère le soin des serviettes souillées. Un homme est plus à son aise dans les champs qu'à porter une bassine. Maintenant, il paraît que le mari voit les entrailles de sa femme. Qu'elle est pratiquement à poil sous ses yeux, les pieds pris dans des étriers. La naissance a perdu son mystère et sa pudeur, pas sûr que ça aide un homme à retrouver du désir. Lui, il a tout de suite eu envie d'honorer sa femme, malgré le ventre flasque et les linges dans la culotte mais il a tout de même dû patienter. Il a attendu cinq interminables semaines, après quoi il n'y tenait plus. Il n'a pas vraiment eu le choix, sa femme l'a envoyé régulièrement sur les roses… L'alcool n'aidant en rien, il s'inquiète également beaucoup de l'état de sa banquette arrière, malmenée par les fesses humides de Marie. Heureusement, elle est en skaï.

La dernière contraction remonte à douze minutes. Le ventre n'est plus qu'une gigantesque crampe. Louis tient Marie contre lui, sa tête nichée dans le creux du cou, fourrage dans ses cheveux pour respirer son odeur. Elle inspire bruyamment par le nez, expire lentement. Les yeux fermés, concentrée, elle apprivoise la douleur. Il entend cette vague régulière traverser le corps de sa femme, le ressac du souffle et il se souvient. La bougie, c'est ça. Il reconnaît l'exercice, il l'a déjà vue s'entraîner à la maison, il s'est même entraîné avec elle. Il garde ses mains posées sur elle, le ventre a perdu toute sa souplesse, il s'est transformé en dôme de pierre. Cette nuit, c'est lui qui prendra le relais de Marie. Il deviendra ce dôme de pierre qui protège son bébé, ce rempart contre le chaos du monde. Il a peur. De ne pas être à la hauteur, de ne pas avoir les bons gestes, de ne pas savoir faire mieux que son père.

La douleur prend naissance dans les reins, ceint le dos, comprime tout le ventre, s'approche, mord et se retire. Pour le moment, Marie la supporte facilement même si chaque nouvelle contraction gagne un peu plus de force. Elle ne sait pas vraiment à quoi s'attendre. Elle sait juste qu'au bout, son enfant l'attend. Ça lui donne une force immense, elle ne pense à rien d'autre.

Ils sont dans le service depuis plus de sept heures maintenant. À leur arrivée, une sage-femme est venue planter ses doigts dans le sexe de Marie pour rendre son oracle. Bienvenue, je m'appelle Irène. Je vais procéder à votre examen, détendez-vous… La poche est rompue, le col dilaté à quatre, le travail a bien commencé. Quand avez-vous perdu les eaux ? À quand remontent vos premières contractions ? Est-ce que vous sentez bouger votre bébé ? Vous êtes à combien de semaines d'aménorrhée ? Louis est redevenu un môme, impuissant et gauche dans son corps de géant. Une présence importune, illégitime dans ce cercle de femmes qui savent, avant, peu à peu, de trouver intuitivement sa place. Quelques mots ont suffi. On va vous installer confortablement madame, essayez de vous reposer, vous n'êtes qu'au début du travail, il peut durer longtemps. Bravo monsieur d'être là, vous serez un allié précieux. Je vous laisse un peu d'intimité, nous allons rester ensemble cette nuit, je repasse… Col dilaté à six. Vous faites du bon travail Marie, vous permettez que je vous appelle Marie, essayez de bien respirer entre les contractions, pour reprendre des forces, elles vont encore s'intensifier oui mais vous gérez bien, vous êtes très courageuse. Je reviens… Col dilaté à huit, ça progresse vite, tout se passe bien. Vous avez mal. Ça va aller Marie. Vous avez accompli le plus gros du travail, votre mari est fier de vous. C'est bientôt fini. Restez concentrée… Posez vos jambes dans les étriers, avancez un peu plus sur la table, les fesses collées au bord. Voilà, parfait. Le col est effacé, votre bébé commence la descente dans le bassin, c'est ça, la sensation étrange que vous décrivez. Ce besoin de pousser, les contractions dans les fesses. Pour le moment, laissez faire votre bébé, résistez encore un peu. Gardez vos forces.

C'est le moment Marie. Il va falloir aider votre bébé maintenant. Marie n'est plus que douleur, les contractions se succèdent, des soufflets de forge qui l'emportent toujours plus fort, plus loin. Dans un autre état de conscience, sur une terre inconnue. Toute entière mobilisée, retranchée, animale. Ses cris lui donnent la force de supporter. Le bassin qui s'écarte, la pression inouïe dans les os, les reins de feu, la tête qui évase et fore. C'est bien Marie, allez, on pousse, on pousse, on pousse, on pousse… et on relâche, je vois les cheveux, de beaux cheveux noirs, c'est bien Marie. Allez, on y retourne, on donne tout maintenant. Je sais que vous êtes épuisée. Vous êtes forte. On inspire, attention, bloquez. On pousse, on pousse, on pousse, encore, c'est bien, c'est ça, on pousse… et on souffle. On y est presque, encore une fois. Marie n'en peut plus. Mâchoires serrées, elle a planté son regard dans celui de Louis. Ne me lâche pas, c'est ce qu'elle dit avec ses yeux. Ils ne forment plus qu'un, elle est la chair transpercée, il est le souffle, l'amour et le phare. Un fanal, au pic de chaque contraction. Il ne peut pas partager la douleur, alors il respire pour elle, il halète. On pousse une dernière fois ma chérie. Ensemble. Un dernier long cri d'attente et de souffrance. Il ne faut plus pousser, la tête sort, la sage-femme la dégage doucement, libère une épaule, puis l'autre. Le bébé la fixe avec ses yeux grand ouverts. Le reste suit, glisse comme un corps savonneux. Après quelques secondes, un cri de présence emplit tout l'espace. Le cri d'une victoire, de la vie qui souffle : l'air entre pour la première fois dans les poumons, les défroisse, fait vibrer les cordes vocales. Le cri du froid sur la peau aqueuse, de l'effroi, du bruit, des lumières trop vives. Sur le ventre de

Marie, le corps minuscule, fripé, recouvert de mucus, irradie comme un soleil.

— Voilà une belle petite fille !

Une fille. Il embrasse Marie, reconnaissant de ce petit miracle de chair rouge qui instinctivement rampe pour arriver au sein. Lui, le géant, intimidé pour la première fois de sa vie, le cœur déjà pris dans l'étau bleuté de cinq minuscules doigts de fée. Avec ses grimaces qui lui tordent la bouche, ses paupières gonflées, son crâne légèrement conique, cette fille est ce qui lui a été donné de plus beau à voir de toute sa vie.

(Novembre 1974, la loi Veil)

Le froid arrive souvent d'un coup, avec les rafales butées et nerveuses du mistral. Fâcheux comme un invité que l'on n'attend plus, parce que l'été déborde toujours trop généreusement sur les dates officielles du calendrier. Depuis quelques jours, les arbres se débattent sous la morsure du vent, l'air siffle comme un nid de serpents, de fins cristaux de givre blanchissent les vitres à l'aube. Yvonne grinche dès l'entrée, bougonne dans son fauteuil, redouble de doléances. Autant de signes qui ne trompent pas. Aussi, Louis et son père s'activent-ils en prévision de l'hiver : ce matin, après avoir nettoyé les gouttières, ils ont sorti le merlin de la remise et commencé à fendre le bois. Pendant ce temps, Marie a aidé sa belle-mère à stériliser des bocaux de salsifis.

Dans la cour, les coups sourds des cognées ont déchiré l'air froid à un rythme régulier tandis qu'en cuisine, les confidences et les rires se sont mêlés aux vapeurs chaudes. Nathalie a joué dans son parc, en mâchouillant vigoureusement les oreilles de sa girafe en plastique. Une nouvelle dent s'apprête à sortir. Elle s'est gargarisée de tous les mots sucrés qu'elle connait, ceux qui amollissent mécaniquement ses parents : maman et papa sont les plus efficaces. Elle a modulé, sourcils froncés, des chapelets de « non », un mot magique dont elle pressent le pouvoir considérable pour plier les adultes à sa volonté. Elle a martyrisé ses peluches avec les yeux candides et attendrissants d'un ange. La grand-mère de Louis s'est assoupie sur ses pelotes de laine. Elle a ronflé une partie de la matinée, bien au chaud devant l'âtre, avant d'aboyer avec toute sa mauvaise foi qu'elle n'avait pas du tout dormi.

Le temps s'est chargé au fil des heures. Déjà froid et humide, il est devenu plus lourd, électrique, comme une annonce d'orage. Ciel maussade, froissé de nuages bas et noirs, promettant une grosse rincée qui ne vient toujours pas. Une bonne pluie passerait ce gris à la machine mais rien n'y fait, le ciel ne crève pas, il se contente de menacer davantage. Entre Louis et son père aussi, une tension s'accentue au fil des heures qui n'a pas vraiment de cause. Simplement, Louis n'a pas envie d'être là. Il vient aider son père très régulièrement, trop peut-être, parce qu'il est un bon fils, comme il l'a toujours été. Comme il le sera toujours, un exemplaire et remarquable fils. Un rôle qui lui pèse parfois, même s'il aime ses parents pour ce qu'ils sont. Avec toutes leurs limites. Il se lasse surtout des coups de sang paternels, de ses idées réactionnaires et de son monde qui ne possède qu'une seule vérité, un monde où les filles doivent rester à leur place, où la contraception est une lubie qui contrevient à la nature, où les cheveux teints, les tenues moulantes et le maquillage de David Bowie atteignent plus sévèrement l'ordre moral que les violences familiales. Depuis son arrivée, Louis s'irrite, les regards sont moins fluides, une impatience couve. Il y a beaucoup de silences entre lui et son père, quelque chose d'épais et d'inconfortable qui s'ajoute à cette foutue météo.

La mère de Louis insiste pour qu'ils restent déjeuner. Louis préférerait rentrer. Il cède, une fois de plus. Son père peste en allumant la télé : les journalistes de l'ORTF sont en grève. Ce midi, pas de reportages filmés mais de simples commentaires audios sur des photos. Le sujet tombe comme une petite bombe entre Louis et son père.

Débat sur l'interruption volontaire de grossesse. Les députés vont reprendre cet après-midi à seize heures le débat commencé hier sur l'avortement. Au cours des deux séances d'hier, devant un hémicycle au complet et des tribunes combles, la discussion a été grave et animée. Madame Veil, ministre de la santé, a d'abord expliqué les trois objectifs suivis par le gouvernement. Faire une loi réellement applicable. Une loi dissuasive. Une loi protectrice. Les partisans et les adversaires du projet de loi se sont ensuite succédés à la tribune. En soirée, M Chinaud, Républicain indépendant, a demandé de faire ce qu'il faut pour sortir de la détestable situation actuelle. Mr Feït, Républicain indépendant violemment hostile au projet, est monté à la tribune avec l'enregistrement du battement du cœur d'un fœtus âgé de dix semaines...

— Une loi qui autoriserait l'avortement ! Il ne manquerait plus que ça !

— Ce serait un énorme progrès au contraire. On parle de trois cent mille avortements clandestins par an, peut-être plus, tous pratiqués dans des conditions sordides. Certaines femmes en meurent. D'autres restent stériles. C'est indigne. L'interruption de grossesse serait un geste médical simple s'il était encadré. On attend quoi pour changer cette foutue loi ? C'est une question de santé publique, d'humanité aussi.

— Ces Marie-couche-toi-là pleurent quand elles ont une brioche au four !

— Tu ne peux pas dire ça…

— Je peux dire ce que je veux, je suis ici chez moi !

Et parce qu'il déteste que son autorité de chef de famille soit contestée, il tape du poing, comme toujours, pour mettre fin à la discussion. C'est ce qu'il croit. Louis, aujourd'hui n'a pas envie de se laisser faire. Il sent gronder en lui une colère sourde, dont son père est l'objet, dont lui-même est l'objet. Un ressentiment ancien, larvé, qui remonte inexorablement. Comme une brume de vapeur d'eau s'élève de la terre pour saturer l'air après l'orage.

— Oui tu es ici chez toi. Et tu as toujours le dernier mot. Taper sur la table reste ton meilleur argument !

Marie et sa mère le dévisagent, stupéfaites. Leurs regards sont lourds mais Louis continue. Il a envie de défendre ses convictions au moins une fois jusqu'au bout puisqu'il n'a pas le choix d'affirmer tout ce qu'il est. Puisqu'il a déjà appris à se rogner lui-même.

— Il n'empêche que la société doit avancer sur ce point. Nous ne pouvons pas fermer les yeux. C'est lâche. Coupable même quand on voit les dommages humains.

— Les lois sont faites pour être respectées !

— Elles doivent évoluer avec la société ! Le code Napoléon date du siècle dernier et nous vivons encore sur les cendres de Vichy. La loi est bafouée tous les jours simplement parce qu'elle n'est plus adaptée. Les femmes qui ne veulent pas d'une grossesse prendront tous les risques. Celles qui ont de l'argent partent à l'étranger, les autres se font embrocher, comme des morceaux de viande. Tu te souviens du manifeste des 343 ?

— Le manifeste des salopes, oui, je m'en souviens.

— Il leur en a fallu du courage à toutes ces femmes publiques ou anonymes pour défier la loi et briser ce tabou. Pour écrire noir sur blanc j'ai avorté. Mon corps m'appartient. Elles ont pris le risque d'être traînées dans la boue, poursuivies en justice. Les médecins qui ont signé le manifeste des 331, des salopards eux aussi ? On peut se réjouir que ces toubibs aient mis fin à l'hypocrisie de l'État et du Conseil de l'Ordre. Tout le monde sait et tout le monde ferme les yeux. Et le procès de Bobigny ? La petite Marie-Claire, seize ans, sur le banc des accusés avec sa mère…

— Toutes ces filles qui ont un polichinelle dans le tiroir n'ont pas été violées. Il y en a qui l'ont bien cherché.

— Qui l'ont bien cherché ? La pilule n'est même pas remboursée par la sécurité sociale ! Il y a six mois, il fallait encore l'accord des parents pour se la faire prescrire avant vingt et un ans. Les femmes en ont assez d'être mises sous cloche. La société change plus vite que les lois. Les femmes devraient pouvoir vivre leur sexualité sans contrainte. Sans jugement moral. Nous devrions tous pouvoir vivre notre sexualité sans contrainte. C'est une affaire intime.

— Mises sous cloche, tu parles. Toutes ces foutaises sur les femmes, ça m'épuise. Leur liberté, leurs droits, le

M.L.F. Franchement qu'est-ce qu'elles veulent de plus les bonnes femmes ? Elles ont déjà obtenu le droit de vote il y a trente ans.

— Il était temps tu ne crois pas ?

— Elles peuvent ouvrir un compte bancaire et même travailler sans l'autorisation de leur mari !

— Pour ça aussi, il était temps. Maman travaille autant que toi au champ et à la ferme. Et quand tu as fini ta journée, elle prépare le repas en étendant ses lessives et en rapiéçant ton linge. Les femmes ont raison de se battre pour l'avancée de leurs droits. Pour leur autonomie. Pour la pilule. Pour le droit à l'avortement. Si elles ne le font pas, les hommes ne se battront pas pour elles. Veil a du cran. J'espère que cette loi passera.

Louis a dans son regard une colère contenue, froide, qui dépasse le sujet qui les oppose. Quelque chose qui signifie je ne me laisserai plus faire. Je ne veux plus vivre dans ton ombre, selon tes principes. Je suis maintenant un homme, je fais mes propres choix, mes convictions et ma nature ne disparaitront plus sous le fracas de ton poing sur la table. Louis quitte la pièce, sort prendre l'air. Il tremble, cherche nerveusement son paquet de cigarettes, allume une clope, tire une longue goulée. C'est la première fois qu'il a le dernier mot avec son père. Marie le rejoint. Déstabilisée par son coup de sang inhabituel. Fière aussi. Ce qui se joue pourtant n'est pas simplement idéologique même si la colère de Louis a surgi sur ce terrain-là.

(Octobre 1975, désir)

La nuit, son désir cogne violemment aux tempes, comme de l'eau, longtemps contenue, qui déborde de son cours et charrie une fange épaisse. Dans sa tête, les corps arqués, les regards noyés, extatiques, les cris, les bribes de chair. Chaque matin est un peu plus lourd, plus trouble, Louis en crève quand il noue sa cravate devant le miroir. Pourtant, rien n'a changé ces derniers mois. Chaque matin, la brosse à dents s'ourle du même bourrelet de dentifrice, le peigne glisse dans les cheveux, le savon mousse sur les reliefs de la joue. Louis, prudent, prend soin de ne rien laisser paraître. Personne dans son entourage ne soupçonne ce qui bruit au fond de lui. Il est un lac, à la surface tendue et paisible. En toutes circonstances, un époux présent et attentionné, un père très aimant, un bon fils. Travailleur, obligeant. Il s'adapte aux attentes de tous, observe, ajuste sa posture, donne immanquablement le change. Il serre chaque jour les mêmes mains cordiales, appelle les tapes familières sur l'épaule et les sourires de bon voisinage. Il plaît à tout le monde, se montre utile, nécessaire même. Sa vie est une mécanique parfaitement huilée.

C'est à l'intérieur que ça se grippe. Il y aurait peut-être matière à comprendre, dans ce léger froncement de sourcils, dans le pincement subtil des lèvres ou certains de ses regards, assombris par le manque, que tout n'est pas aussi facile qu'il n'y paraît. Il faut chaque jour maquiller la réalité, pour échapper aux censeurs. Ne pas franchir les limites, malgré la tentation. Ne pas laisser glisser les regards, ne pas s'attarder sur les corps. Avancer droit, sans déroger à la conduite fixée, obéir aux obligations qui en découlent. Se conformer aux exigences de tous, désapprendre à être soi, irrémédiablement.

Le grain de sable dans le bel engrenage, c'est son désir, plus fort que tout, souterrain, coupable. Chaque nuit résurgent, aussi régulier que le tictac d'une horloge suisse. Ce désir sourd, qui le tient éveillé, rien ne l'autorise à y céder. Ni son mariage, ni sa fille, ses garde-fous, ni la ville paisible dans laquelle il s'est établi, au pied du Garlaban. Ici, dans sa petite commune où tout le monde se connaît, le faux-pas, ça ne pardonne pas. Comme on fait son lit, on se couche. C'est la société qui définit les règles : elle dicte ce à quoi chacun doit renoncer pour y gagner sa place. Son cœur, ses convictions, sa culture, ses rêves ou ses pulsions, peu importe. Un sacrifice en vaut un autre. Pour vivre avec les autres, il faut toujours s'amputer de quelque chose, sans quoi le monde se résumerait à une nuit noire et impitoyable. Louis a intégré ce que cela signifierait pour lui, l'effondrement de ce qu'il a patiemment bâti, la mise au ban... Le coup mortel, c'est peut-être Jeanne, sa brave voisine octogénaire, qui le lui porterait. Elle l'adore pourtant, ne tarit pas d'éloges à son sujet : ce petit, c'est vraiment quelqu'un. Jamais un mot plus haut que l'autre. Propre, poli. Il descend les poubelles, il m'aide à porter les courses. Une perle.

Demain pourtant, il lui suffirait de quelques mots, lèvres serrées, pendant que ses bigoudis patientent sous le casque chauffant... quelques mots d'opprobre, aussi puissants que des ailes de corbeau qui claquent. Louis se méfie tout autant du père Etienne, qui dilue les heures dans son pastis et crache indifféremment ragots visqueux et gros glaviots. Il se méfie de ceux qu'il connaît autant que des autres, alors il paie le prix et ravale ses désirs.

Chaque soir, Marie enroule autour de son époux ses bras ronds et pâles avant de s'endormir, épanouie et confiante. À vingt-six ans, elle mesure son accomplissement à la jalousie muette de ses amies. Toutes lui envient son bel appartement, son nouveau téléviseur, ses brushings hebdomadaires au salon, ses jupes bohèmes et ses capelines, Nathalie, et davantage encore, son mari. Elle trône, petite reine. Son quotidien, le linge qui sent bon la lessive, les promenades au parc, les comptes de la maison, les plats qui mijotent sur le gaz. Pâtisser, compoter, mitonner, chemiser, glacer, enfourner, délayer... Marie déroule chaque jour son amour sur la table mais nourrit des ambitions. Un jour, elle souhaiterait gagner son propre argent. Louis est d'accord bien sûr, même si depuis peu les femmes ne sont plus juridiquement subordonnées à leur époux. Elle rêve d'ouvrir un restaurant modeste de quelques tables : l'amour pour elle, ça se décline avant tout dans l'assiette. Parfois, elle se méfie un peu de son bonheur. Elle se demande comment elle a séduit Louis, se trouve très conventionnelle, presque banale.

Louis est tout sauf banal, il électrise le regard et allume des cœurs néon dans les pupilles de toutes les filles. Marie le sait et le redoute depuis peu. Elle l'a toujours eu dans la peau. C'était lui, depuis le jour où elle l'a rencontré. Quand il l'a invitée au cinéma, elle n'a presque rien retenu du film, trop occupée à rentrer son ventre, à plier et déplier gracieusement ses jambes, à l'affût de chacun des gestes de Louis, l'œil oblique et le cœur explosif. Stratégie gagnante d'un désir ritualisé. Avant le générique, il avait glissé son bras sur son épaule frêle, posé ses lèvres épaisses sur les siennes. Un an plus tard, il demandait sa main à son père. Nathalie est née très rapidement. Leur amour a roulé droit et vite.

Depuis quelques mois, elle ressent que son mari est ailleurs, préoccupé. Elle a confiance en lui, le souci, ce sont les autres femmes. Cajoleuses, courtisanes, racoleuses, trop prévenantes, le rire facile et haut perché. Des poules à l'affût du coq. À force de sollicitations, de regards, de minauderies, de jeux de jambes, il pourrait faiblir et se laisser tenter… elle y pense puis se ravise, superstitieuse.

Chaque soir, Louis embrasse les paupières diaphanes de son épouse, lui conte des lendemains qui chantent, des heures sucrées et roses comme des berlingots. Il aimerait être sincère, croire à la promesse naïve que le bonheur tient dans le gigot dominical, l'achat d'un tourne-disque, d'une platine à cassettes Sony ou d'une table basse en laque turquoise de Guy Lefevre. Il se reproche de tricher avec elle. Il le fait pour la préserver, se convainc qu'un mensonge équivaut parfois à une délicatesse… Il a le sentiment de la faute, d'une imposture. Il se déguise, glisse sans cesse. Sa trahison incube, nichée bien à l'abri. Il s'en veut, il l'aime tant.

Louis ne devrait plus prendre de risques mais ça l'obsède. Il en meurt d'envie. La nuit, lui reviennent les souffles courts, les rires mêlés de crainte, les foins odorants. Les corps fondus, l'or du soleil, les odeurs brutes et la révélation du plaisir. Tout ce qui le rendait vivant. C'était il y a quatre ans, un mirage, hier. Louis était en permission, en renfort pour la fenaison. Il a suffi d'un regard plus appuyé, à l'heure où les filles amenaient les paniers de déjeuner, pour se reconnaître. L'air comprimé de chaleur a explosé. Une évidence pour lui, une urgence de chair et de désir. Ils se sont retrouvés le soir, sous les ombres noires et se sont dévorés à même le sol, sur un tapis d'herbes fraîchement coupées. Pendant quelques jours, ils se sont aimés, chaque fois qu'ils l'ont pu. Dans les prés, le dos criblé de minuscules pierres. Sous le feu du soleil, ruisselants, désir ambre. Aveugles dans la nuit, la peau avide. Debout, haletants, maladroits et ivres de plaisir. Louis a laissé là bien plus que sa virginité, il y a appris le goût des baisers, leur humide musique, les caresses et les effleurements, les dents voraces, l'abandon. La tangence du plaisir et de la douleur. Le grain d'une autre peau. L'odeur des fluides, tenace, imprégnée sur lui comme un linge. Il a appris à se retenir, pour la première fois. Parce qu'il n'était plus seul. Parce qu'il ne s'agissait plus, main sur la hampe, de courir au plaisir pour le jeter dans des draps. Il s'agissait d'en découvrir toutes les formes possibles et de le partager. Il y avait déjà Marie. Ils se fréquentaient depuis quelques semaines du bout des lèvres.

Ces heures, illégitimes, sont vite devenues poussière. Quatre années bien rangées les ont glissées sous le tapis. Il y a quelques mois, un coup de canif. Pulsion bêtement déchargée, un soir, à la va-vite, sur une aire d'autoroute. Il n'en est pas du tout fier. Depuis, une faim confuse, profonde, continue le tenaille. Louis aime infiniment sa femme, à sa manière, avec tendresse. Elle est son équilibre, sa joie, mais il n'a jamais ressenti pour elle ce gouffre dans le ventre, il l'a choisie pour d'autres raisons. Lorsqu'il enroule ses bras autour de la taille de sa femme, Louis rêve à d'autres corps. Il a toujours rêvé à d'autres corps. Souvent il se déteste, pour ce qu'il est, pour ses rêves de loup, débridés, carnassiers, ses habitudes de chien en laisse, pour tout ce qu'il ne peut offrir à Marie, pour son amour si mal fagoté, si indigne d'elle. Pour ses déloyautés à venir, sa peur.

Aux heures bleues, les souvenirs de poussière reviennent. Scintillants, impudiques. La nuit, ils percent ses insomnies comme d'hypnotiques étoiles. Louis regarde alors le ciel avec un désir régénéré, il est un autre. Libre et affamé, amoureux d'un souvenir. Chaque matin, avec le même sentiment de décalage, il s'asperge d'eau de Cologne, quitte sa salle de bains améthyste, embrasse sa femme, saisit les clés de sa Renault 5 sur le meuble en formica de l'entrée et plaque sur ses doutes le seul masque convenable. Celui de chef de famille heureux, jusqu'à l'asphyxie.

(Novembre 1975, la descente de police)

Louis a hésité pendant des heures, foulé la moquette orange et marron de l'hôtel en se promettant mille fois de renoncer. Il a pensé à Marie et surtout à sa fille, sa digue affective, s'est ravisé, poussé maintenant par un besoin qui n'admet plus de résistance. Son déplacement professionnel, c'est du pain bénit. Une opportunité inespérée. Cette nuit entière de liberté, sans comptes à rendre, il s'en abreuve mentalement depuis des jours, parfois au-dessus du corps de Marie, pour donner plus d'élan à ses coups de reins. Elle n'amputera rien à son engagement familial, il le sait. Personne n'en pâtira. Ici, loin de sa province, il jouit de l'anonymat, il respire mieux. Plus d'injonction à une vie bien léchée, à l'odeur de propre et encotonnée. Personne ne l'épie, ne se soucie de lui. Il n'a pas à craindre les silhouettes derrière les guipures de rideaux, les désapprobations muettes ni les lâches dénonciations que certains assimilent trop commodément à une vertu civique. Vous n'imaginez pas… il a le diable au corps… dégoûtant… pauvre fille. Le temps d'un cillement, la rumeur enfle, la réputation est dézinguée et les bonnes âmes se chargent de la mise en terre.

Ici, ce soir, tout paraît plus facile, les actes sont sans conséquences, presque légers. De simples gouttes d'eau absorbées dans le remous et les excès continus de la ville. Quelques heures de plaisir arrachées à un quotidien exemplaire, dans les remugles d'une société bien-pensante et étriquée, voilà tout ce à quoi il aspire. Il ne pourrait pas prétendre à plus de toute manière. Demain, il remontera à bord du Mistral, avec une boule à neige dans la valise, sa Tour Eiffel captive et une paire de bottes à lacets prune pour sa femme. Soixante-dix-neuf francs, le prix du péché. La vie reprendra son cours, amnésique. Louis enfermera les quelques heures de plaisir volées sous un dôme de verre, couvertes d'une épaisse couche de flocons muette. Il retrouvera ses pantalons au pli bien marqué et son attaché-case en skaï noir, fleur aux dents, tous ces marqueurs rassurants. Il taira le lâcher-prise, la jouissance mais rassasiera la curiosité de Marie : l'objet des réunions, la fatigue du voyage, le confort de l'hôtel, les repas d'affaire, l'effervescence des Grands Boulevards et les mythiques Champs Elysées... un flot continu qui se déverse dans les rues ma chérie, cette ville ne dort jamais, des rames de métro noires de monde, des restaurants qui servent à toute heure et des touristes qui parlent toutes les langues. Sardou en lettres de feu sur le fronton de l'Olympia... Partager ce qui peut l'être, et, s'il le faut, rassurer sa femme à propos des secrétaires du siège, dévier le tir. Artifice facile et sédatif, un peu minable mais c'est ce que Louis a trouvé de moins pire à opposer s'ils s'aventuraient tous les deux sur ce terrain dangereux... En fin de compte, peut-être sera-t-il un meilleur époux quand il aura mâté son désir. Il détesterait faire du mal à Marie, il l'aime trop pour ça.

Le poste de radio diffuse le dernier tube de Joe Dassin, L'été Indien. Louis sourit en roulant les épaules sur les premières notes. Trois mignonettes de Campari ont dilué sa culpabilité. Maintenant, il veut s'amuser. Anesthésier sa frousse, jeter à la trappe les règles de civilités, de bienséance, de conformisme, faire un doigt d'honneur à la société. Pendant quelques heures, ne plus être fils de, mari de, père de. Juste lui-même. Il n'a que vingt-six ans, l'âge où la chair exulte. Son désir, il le tient en laisse chaque jour, bien sagement. Il étouffe. Ce soir, il veut laisser parler son corps. Embrasser, caresser, lécher, frémir, exploser. Devant le miroir de la salle de bains, il applique sur ses joues le blaireau imprégné d'eau et de savon, fait mousser le produit de rasage avec de petits mouvements circulaires. Il laisse glisser la lame sur la peau en promettant d'aimer encore même lorsque l'amour sera mort. « Où tu voudras, quand tu voudras ». Finalement, l'amour, ça peut être simple comme le soleil sur la mer et doux comme une aquarelle de Marie Laurencin. Un pieux mensonge, qui remplit les églises et les maternités ou une vérité qui ne sera jamais la sienne. Il lisse ses cheveux sur le côté, vérifie le contour des pattes, se tapote les joues avec une lotion après-rasage « pour l'homme moderne » et passe sa langue sur ses dents. Jean à pattes d'éléphant, gros ceinturon rouille, chemise kaki, col pelle à tarte largement ouvert sur son torse viril, il est prêt… son alliance retrouve le chemin de la liberté et glisse dans la trousse de toilette.

— Je t'offre quelque chose à boire ?

Louis sourit, audacieux et confiant. Tous les signaux sont au vert. La soirée s'annonce exquise.

— Avec plaisir. Un rhum tonic, merci. C'est la première fois que tu viens dans cette boîte ? Je ne t'ai jamais vu avant.

— Oui, la première fois. Je suis à Paris pour le travail. Je repars demain.

— J'ai de la chance alors et nous avons toute la nuit devant nous… Tu as l'air un peu tendu… marié peut-être ?

Louis hésite, contrarié. Il a dû se trahir en frottant son pouce sur son annulaire. L'infidélité, ça s'apprend.

— Excuse-moi, je vais me décoincer. Marié en effet. J'espère que ça ne change rien pour toi.

— Pas le moins du monde, on ne va pas se faire de grandes promesses ce soir. Il y en a pas mal, des hommes mariés, qui traînent ici. Ils ne montrent pas autant d'états d'âme. Tu me plais, ça me suffit.

La drague facile et rapide, les mots banals, sans la moindre ambiguïté, tous deux sont venus pour ça. Il n'est pas nécessaire de pousser très loin la conversation, l'alchimie des corps commande. En descendant les escaliers de la discothèque, dans les volutes épaisses de fumée, Louis a immédiatement repéré la silhouette de liane adossée au mur capitonné, les ondulations du bassin sur les basses, le jeu lascif des jambes dans leur fourreau noir. La taille étroite, les fesses moulées. La cascade brune de cheveux, le regard de fauve, racoleur, les lèvres boudeuses et mutines. Une jeune panthère sur son terrain de jeux. L'intimité avec le barman, les œillades complices avec d'autres clients trahissent les nuits qui se répètent et s'étirent dans cet antre baigné de lumière rouge. Peu importe. Louis se réjouit ce soir de chasser une proie facile, une chair impatiente. Quelques minutes ont suffi, à s'observer, à se déshabiller de manière muette avant de se retrouver cuisse contre cuisse, assis sur les tabourets du comptoir. Il n'attend rien de plus que ce que les regards cajoleurs et les caresses furtives promettent déjà. La boule à facettes tachette le visage convoité de petites éclaboussures sang. Porté par la voix langoureuse de Donna Summer, « Love to love you baby » presse les corps sur la piste… Il fait chaud. L'air ondule, érotique, saturé de parfums et d'odeurs soufrées de transpiration. Les stroboscopes irradient l'espace au rythme de la musique. Visages couverts de sueur, foule compacte, grouillante, corps en transe, le désir pulse. À côté d'eux, une rousse androgyne se frotte à un type qui savoure sa chance. Louis a trouvé mieux, sa jolie mante n'a pas froid aux yeux et lui promet d'autres plaisirs. Les doigts effilés remontent le long de sa cuisse, les lèvres boudeuses flirtent, s'égarent, provoquent. Louis sent le duvet de sa nuque s'électriser. Il écrase sa Gitane et se lance, empoigne le visage à pleines mains et mord les lèvres offertes. Pomme d'Adam pomme d'amour. Aucune habitude molle, l'attrait pur et violent.

Abrité des regards, dans un renfoncement de la salle, Louis explore et se laisse explorer, accepte les règles du jeu. Dans cette boîte, il n'est plus un époux qui mène la danse avec Marie. Pas de rôle, rien d'établi. Chacun est venu étancher sa soif et expérimenter une chorégraphie nouvelle. Sa langue conquiert, sonde, sa bouche est un territoire à prendre et à fouiller. Ses mains filent sous le tissu, empoignent, pétrissent. Le corps est fin, nerveux, délicat, la peau satinée. Sous sa chemise, des mains avides et symétriques le découvrent. Hardies, elles longent les fesses, s'attardent sur les coutures épaisses de l'entrejambe, caressent son sexe à travers le pantalon. Il le sent durcir davantage, délicieusement frustré, prêt à exploser. Dans son oreille coulent des mots sales et lumineux, excitants, la fange et l'or d'un appétit sans détour ni tabou. Des propos aussi directs et crus, Louis n'en a jamais échangé auparavant. Avec Marie, cette liberté n'existe pas. Les mots ne possèdent jamais cette délicieuse odeur d'humus. Louis s'en accommoderait presque, pour tous les avantages que son mariage lui procure. Pas ce soir. Sur le velours rouge du canapé, il offre à ce corps inconnu, sans prénom, toute la brutalité et la puissance de son désir. Deux doigts baissent la garde de sa fermeture éclair, se fraient habilement un chemin.

— Police !

Louis n'entend pas, enfermé dans son plaisir, à la merci des va-et-vient.

Can you hear me ?
Can you feel me inside ?

Show your love, love
Take it in right, take it in right
— Lumières allumées !

Les lumières noires, les lasers sont brusquement arrêtés. À la place, un éclairage cru, éblouissant, inonde la discothèque. Sur les pistes de danse, les corps se figent, incrédules.

— On éteint la sono, s'il vous plaît !

Le disc-jockey obéit de mauvaise grâce. Certains clients, étourdis par l'alcool, inconscients de la situation, rient encore quelques secondes, portent leurs doigts à la bouche pour siffler avant de s'arrêter. Autour des tables, sur le velours des canapés, l'atmosphère feutrée a laissé place à un déballage de chair. La discothèque vient de perdre le faste de la nuit et ses paillettes, elle dessaoule, mine défaite, et ressemble à un hangar surchauffé. Louis dégage son étreinte, se redresse. C'est la douche froide. Il plisse les yeux, aveuglé, balaie rapidement la salle du regard, croise les mêmes visages hébétés et inquiets.

— Qu'est-ce qui se passe ?

Il flaire le piège. Quelques clients se rhabillent à la va-vite, reboutonnent leur chemise. Il les imite intuitivement, à la hâte, un filet de sueur glacée dans le dos. Des silhouettes se déploient devant les points de sortie. Louis comprend enfin, son pouls s'accélère. Surtout ne pas se faire attraper. Marie ne doit pas savoir.

— Contrôle des papiers ! Tout le monde reste calme.

Louis n'attendra pas qu'un policier lui crache son erreur au visage. Il se lève, cherche une issue du regard. Autour de lui, les premiers contrôles ont débuté, sans douceur. Tutoiement facile, pour mettre un peu la pression sur les plus émotifs. T'as quel âge ? Vingt. Sors tes papiers et refroque-toi ! Les flics sont contrariés d'être là, ils auraient envie de se reposer peinards, chez eux, avec leur femme et leurs mômes. L'atmosphère, grise, se tend chaque seconde davantage. Des clients, plus âgés, embarrassés, cherchent à négocier. Ils se trouvent visiblement dans la même impasse que Louis, un lieu de plaisirs où leur épouse ne les imagine pas. Ce soir, pas de négociation possible, il faut faire grimper les chiffres. D'autres protestent plus frontalement, aboient, se retrouvent plaqués au mur, les jambes écartées sans ménagement. Louis tente de se fondre dans la masse des corps pour se rapprocher d'une sortie. Il retient son souffle, s'invisibilise. Dehors, toute honte bue, il rentrera à l'hôtel et se dépêchera d'oublier.

— Tu vas où mon grand ? T'as pas entendu ? Reste gentiment à ta place.

L'injonction cible Louis. Il n'a pas du tout l'intention de rester gentiment à sa place. Il sait trop ce que cela lui coûterait. Sans calcul, il se retourne, pousse le policier qui vient de le saisir par le bras, se dégage. Le flic grimace, chute, des insultes fusent. Louis n'a plus le choix, il doit sortir. Son geste met le feu aux poudres. D'autres clients l'imitent, poussent à leur tour, quelques coups tombent en représailles. Louis esquive la charge, accélère, agrippe la rambarde et gravit les premières marches. Il se délestera de cette merde dans quelques mètres… Un corps se jette sur lui de tout son poids, le déséquilibre. Il tombe en avant, la lèvre inférieure éclate sous le choc, une douleur le foudroie dans la mâchoire. Goût de métal dans la bouche, le sang coule sur son menton. Il peine à respirer. Quelqu'un l'écrase et lui broie les côtes, immobilise ses bras en croix derrière le dos. Il sent la transpiration aigre d'un corps, les postillons sur ses tempes, la voix haineuse du policier qu'il a fait tomber :

— Tu n'envisageais pas de nous quitter, mon joli ? Ce serait dommage, on commence tout juste à s'amuser.

Louis a perdu. Son corps est palpé méthodiquement, il sent des mains hostiles sur ses fesses, sur les coutures de son pantalon. En quelques minutes, sa vie vient de basculer, il le sait. Refus de se soumettre au contrôle, chute involontaire d'un policier… et le reste, qu'il n'ose même pas nommer. Il va le payer cher. Il pense à Marie. Pris d'un irrésistible haut-le-cœur, il vomit ses verres d'alcool et son humiliation, face contre terre, avant d'être empoigné et soulevé.

(Novembre 1975, la confrontation)

La pluie lui crache froidement au visage, rabattue par le ballet mécanique des essuie-glaces. Louis vient de garer la voiture devant l'entrée de l'immeuble. Il a roulé au pas depuis la gare, tétanisé. Minuscule dans son costume. Au troisième étage, Marie est là, qui l'attend et le confrontera plus durement que les flics. Marie et son chagrin immense. Marie et sa rage. Deux murs d'eau bouillonnants d'écume. Deux rouleaux noirs et cinglants qui déferleront sur lui quand il aura tout balancé. Il mesure l'ampleur de ce qu'il lui inflige.

Pour le moment, Marie se contient.

À cause des autres.

Comment pourrait-t-elle justifier que son mari, qu'elle place depuis toujours sur un piédestal, qu'elle aime plus que tout, ne soit pas rentré hier de son voyage d'affaires ? Comment expliquerait-elle qu'il ait passé sa nuit de jeudi au poste, et pas seul à l'hôtel comme il le prétendait ? Elle préfère se taire, parce qu'elle n'a rien choisi, elle, le dindon de la farce, parce qu'elle se trouve emportée contre sa volonté, piégée dans une histoire qui ne lui appartient pas. Parce qu'il y aurait des conséquences si l'histoire s'ébruitait. De tous les amis, voisins et connaissances, elle n'a envie de souffrir aucun mot, aucune pitié. Une affaire pareille, ça attire forcément les charognards. Ils danseraient bientôt joyeusement sur la crête, trop heureux de l'envers sale de leur couple, arrogants et moralisateurs. Elle ne fera à personne le cadeau de ses larmes.

Marie se contient.

À cause aussi de ce qu'elle ne sait pas encore. Louis n'est pas parvenu à tout lui confesser. Au poste, devant les flics, il a simplement dit qu'il ne rentrerait pas par le train prévu. Marie s'est inquiétée, sa voix tremblait. Raclements de gorge. Qu'il y avait eu un incident. La voix a déraillé, Marie ne saisissait pas. Quel incident ? De quoi tu parles ? Un incident, pause, dans une boîte de nuit. Blanc au téléphone. Qu'il se trouvait là, pause, qu'il n'aurait jamais dû y être. Blanc. Qu'il lui demandait pardon, pause, et qu'il lui expliquerait. Il a raccroché sur ce dernier blanc, un voile interminable, sans être certain que Marie ait tout entendu, comme si elle était déjà partie. Comme si elle se retirait déjà de leur histoire. Quand il aura tout déposé à ses pieds, les mensonges, sa mue de traître, quand elle aura pris la mesure de ce qu'il est, il n'aura plus la force de la regarder en face.

Louis ferme les paupières, écrase son visage sur le volant, les bras en coque. Il respire fort, il a mal. Sa lèvre, éclatée, violette, a gonflé comme un œuf et lui mange le bas du visage. Il remâche sa honte, amer. Brinquebalé dans un panier à salade où sont ramassés les escrocs, les petites frappes, les dealers, les salauds qui cognent leur femme, il est désormais un criminel. En témoignent les empreintes de chacun de ses doigts passés à l'encre.

Il n'a rien vu venir, ni les regards effarés de ceux qui, comme lui, ont compris trop tard avant de détaler, ni les regards froids et sévères des promeneurs honnêtes, les juges ordinaires. Depuis deux jours, il ne comprend plus rien, n'a plus la moindre prise sur ce qui le concerne. Notification machinale de ses droits « vous avez le droit de garder le silence, vous avez le droit à un avocat, vous avez le droit de prévenir un proche ». Humiliation de la fouille, confiscation de ses biens. Tout ça ne ressemble pas à sa vie. Au poste, la photo de son mariage et les boucles anglaises de Nathalie dans son portefeuille ont fait les choux gras des flics, il s'est senti minable.

Cette soirée lui a claqué entre les doigts et il n'a rien vu venir. À la place, une nuit entière à se vider. L'impression d'être un animal. L'odeur de vomi collée à la chemise. L'odeur de pisse, les relents d'alcool des sôulards. Les minutes qui s'égrènent, sans parvenir à trouver le sommeil, la culpabilité qui vrille la tête.

À la place, la garde à vue nauséabonde, les questions administratives, celles, intimes, qui crucifient. Les policiers qui se relaient, implacables, il n'oublie pas qu'il a poussé un type de la maison. Ils disent, violence sur fonctionnaire de police. Ils savent bien qu'il n'a pas voulu s'en prendre à un flic, il a juste paniqué. Ça ne fait rien, ils continuent de jouer leur partition et lui bourrent le crâne. Violence sur fonctionnaire de police, tout de suite ça sent la prison, ça fait peur. Alors il est mort de trouille et il crache, de toute façon, ils savent déjà. Il y a juste à faire glisser noir sur blanc l'aveu de sa faiblesse. Couché sur le papier, blanc-seing pour la suite.

Maintenant, il lui reste peut-être le plus dur. S'acquitter de sa dette envers Marie, être honnête avec elle. La décevoir.

L'appartement dort, en apparence. Louis devine une forme tapie dans le fauteuil du salon, repliée comme une bête dont le flanc aurait été percuté par un pare-chocs. L'odeur âcre, inhabituelle, lui serre la gorge.

— Tu n'as jamais fumé.
— Il faut un début à tout, n'est-ce pas chéri ?

Le « chéri » est une flèche dardée sur lui. Il contourne le fauteuil, sent glisser sur lui le regard froid de sa femme. Un masque impénétrable, un bouclier, pour se protéger des coups à venir. La bouteille de whisky qu'il tire occasionnellement de son armoire à liqueurs gît sur la table, aux trois-quarts vide. Blottie dans le corps du canapé, en soutien-gorge, les cheveux défaits, Marie ressemble à une poupée désarticulée avec laquelle un enfant méchant aurait trop joué.

— Où est Nathalie ?
— Comme c'est touchant ! Papa s'inquiète de savoir comment va sa princesse ? Tu te rappelles ce soir que tu as une famille ?

Elle se ravise.

— Mes parents sont venus la chercher. Je leur ai dit qu'on avait besoin de parler toi et moi.

— Je comprends ta colère.
— Je t'interdis ! Tu ne sais rien de ce que je ressens. Rien du tout !
— Je vais t'expliquer. Ça risque d'être difficile...
— Tu me prends pour une idiote. Tu penses bien que j'ai eu le temps de cogiter depuis ton coup de fil. Limpide au contraire... ça fait longtemps qu'il y a d'autres filles ?
— Marie...

Louis s'est approché doucement. Il sent qu'il la démolit, juste par sa présence : son odeur, sa promiscuité, le timbre de sa voix, son pardon, tout l'agresse. Elle se durcit et hurle.

— Ne me touche pas !

Le verre est passé juste à côté de son oreille et s'est fracassé derrière lui en laissant une coulure brunâtre sur le mur. Marie s'est redressée, le toise de toute sa douleur. Ce soir, à cause de lui, sa femme est devenue une adversaire, presque une ennemie. Il aimerait la serrer dans ses bras, pleurer avec elle, dégueuler un flot d'excuses.

Au lieu de ça, il attend. Dans les coups involontaires qu'il lui porte, il la respecte. Il les espace pour qu'elle puisse encaisser. Il ne peut malheureusement rien faire de plus pour elle. Il ne pourra pas la sauver.

Il ne peut pas se sauver lui-même.

(Janvier 1976, à la une)

    Elle ne pourrait pas dire précisément ce qui cloche en quittant l'appartement de ses parents. Elle marche vite, piquée par le froid, les pans de son col rabattus, mains au fond des poches. Elle croise quelques visages familiers. Bonjour, bonjour. Parfois simplement un hochement de tête, les yeux qui se plissent et qui ne s'attardent pas. C'est confus, indicible, à peine tangible. Pourtant, quelque chose a changé, Marie le ressent. Ou alors rien ne diffère d'hier, c'est peut-être elle qui cloche en fin de compte, un peu en décalage, comme posée à côté d'elle-même, trop à l'affût du regard des autres, écorchée.

    Depuis « l'incident de Paris », elle et Louis se sont très peu revus, elle se protège de son mari, de sa conscience qui le remord et la brûle. Et puis, elle n'a plus l'énergie pour s'occuper de sa fille, plus comme il le faudrait. Être trahie, personne ne peut comprendre. C'est être vidée de soi, éviscérée comme un poulet. Il reste un trou, au milieu du ventre, sanglant, effroyable, et il faudrait se lever tous les matins, continuer de s'habiller, faire comme si cette énorme béance n'existait pas, simplement parce qu'elle est invisible aux yeux des autres. Marie n'a pas la force pour ça. Elle n'a plus le goût de s'habiller. Les bas, les mousselines, le rouge carmin, c'était pour Louis. Elle n'avale plus rien, cuisiner, c'était pour régaler Louis. Elle ne dort plus sans Louis. Elle en crève de son absence. Elle lui en veut. Elle le déteste. Surtout, elle ressasse. Son chagrin, son incompréhension, sa honte, avec le sentiment secret et poisseux de sa culpabilité. Elle a forcément une responsabilité dans le choix de Louis. Oui, forcément. Elle n'a pas su s'y prendre. Ce sont ses parents qui ont pris le relais pour Nathalie. Ils ont pris le relais pour elle aussi, la soignent comme une enfant malade qu'il faudrait protéger du bruissement du monde. Pour le reste, tout ce qui concerne son couple, ils se censurent. Elle ne supporterait pas. Chaque mot, une mine prête à exploser.

Elle longe les immeubles de sa rue, reconnaît au loin sa voisine Jeanne, vêtue de noir, arcboutée sur le pommeau de sa canne. Un vieux pruneau ridé coiffé d'un lourd chignon argent. Elle lui fait signe de la main, machinalement. Un réflexe plus qu'une envie de parler. Jeanne n'a pas dû la voir, elle lui tourne le dos et continue son chemin sans lui rendre son salut.

La clochette de la porte tinte. Sur le présentoir, la baguette affiche désormais un franc. Un prix rond qui a valu un reportage aux informations cette semaine. « *On ne vous a pas rendu les cinq centimes habituels chez le boulanger* » disait le journaliste à la France entière au lancement du journal. Les parents de Marie, révoltés devant l'écran, se sont demandés jusqu'où ça irait, cette hausse des prix… depuis la guerre de Kippour, le prix du baril de pétrole s'est envolé, la croissance s'est effondrée, l'inflation flambe.

Rien ne va plus. Un jour la baguette coûtera deux francs, tu verras ce que je te dis, répétait son père à table, s'emportant entre deux bouchées.

— Bonjour mesdames.
— Madame.
— Un pain complet tranché s'il vous plaît.

Même ce « Madame » lui paraît froid et hostile. La boulangère plonge toujours ses yeux dans ceux de ses clients. Une façon directe de les accompagner vers la commande. Pas aujourd'hui. Son regard fuit, liquide, cherche un appui dans celui de son employée. Les gestes aussi manquent de naturel, trop rapides, expéditifs même. Marie quitte la boulangerie, confuse. Lorsqu'elle se retourne, elle les aperçoit derrière la vitre qui discutent, aussi agitées que si elles avaient vu le diable. Elles jettent des coups d'œil furtifs dans sa direction. Deux affreuses bigotes. De toute façon, elle va rentrer.

Marie quitte son manteau. Il n'y a pas un bruit dans la maison, hormis le cliquetis de ses talons sur le carrelage. Ses parents ont dû sortir au parc avec la petite. Le Méridional est posé sur la nappe cirée de la cuisine, Marie se prépare un café, s'installe dans cette odeur réconfortante, déplie le journal, le survole : en gros titre, une affaire de violences policières supposées dans la cité phocéenne. À la rubrique internationale, la situation matérielle et humaine préoccupante au Guatemala, après le tremblement de terre qui a fait plus de mille morts il y a quelques jours. À la rubrique sport, la skieuse alpine Danièle Debernard a été acclamée dans sa région pour la médaille de bronze gagnée aux Jeux Olympiques d'Autriche, la seule médaille française. Le club de Nancy s'est imposé face à l'Olympique de Marseille, quatre buts à deux.

Soudain, au milieu de tous ces titres, des pages sports, des mots croisés, de l'actualité sociale et politique, un encart attire son attention. Un cafard, immonde, à la page locale, qui lui met le cœur au bord des lèvres. Louis est cité dans l'article, son Louis, traîné dans le caniveau. Tout est consigné, prénom, nom, situation familiale, exposé du motif. L'affaire va être jugée au tribunal d'Aix-en-Provence.

(Janvier 1976, le déshonneur)

Les vibrations métalliques résonnent jusque dans ses os. Ce bruit lourd scinde le monde en deux, c'est ce que Louis ressent douloureusement au moment où la porte de l'établissement pénitentiaire se referme sur lui. Une porte bleue massive, surmontée d'un arc plein cintre, aussi commune que celle d'un établissement scolaire, le sépare désormais du monde extérieur et l'emmure vivant. Dehors, demain, dans une semaine, il y aura pour les autres le bruissement du vent dans les arbres, le chant d'un oiseau, les nuits criblées d'étoiles, les aubes blanches et brillantes, les promenades sans entraves, les étreintes, les terrasses de café, les sourires d'inconnus, les sourires familiers, les cris aigus d'enfants, les repas en famille. L'odeur du pain chaud, des draps propres, des corps enlacés. Celle, fraiche et musquée, de la terre après la pluie. La trépidation du monde, les heures qui filent. Les êtres aimés au centre de la vie, une épouse, un enfant, un ami. Tous ces bonheurs gratuits, quotidiens, infimes mais scintillants, dont on ne fait plus cas quand on est libre, perçus comme ordinaires et dérisoires, acquis même, alors que rien ne l'est. Hier, Louis était un cadre marié, un jeune père de famille honorable. Aujourd'hui, il est un indésirable, un homme dégradé, un sous-citoyen. Il n'a commis aucun crime, il cherchait juste un moment de plaisir. Ça ne tient à rien de tomber dans le vide. À une anomalie. Au choix du mauvais endroit, d'une mauvaise date. Au mauvais réflexe vis-à-vis d'un flic. Il se le reprochera toute sa vie.

Louis a écopé d'une peine de trois mois fermes et de mille francs d'amende. Une sentence que son avocat a jugée sévère au regard de sa situation conjugale et professionnelle, surtout pour une première condamnation. Selon lui, le juge a voulu faire un exemple, la société se relâche et se fissure, même en province. Les lois se contestent toujours plus. L'ombre portée des barricades... À l'issue du procès, Louis a perdu sa liberté, il avait déjà perdu le reste. Son honneur. Le respect muet de son vieux, la fierté sobre de sa mère. L'amour de Marie, peut-être celui de Nathalie. Que vaut un père, en prison ? Pour la société, il est juste un sale type dont l'inconduite souille son nom de famille, éclabousse ses parents, son épouse, sa fille et même son employeur. Son procès a été relayé dans la presse locale, une mise à mort lente et sûre : les honnêtes gens se délectent du scandale, soulagés de fermer les yeux sur leurs propres turpitudes. Dans sa ville, tout le monde sait.

Dehors, la vie continue sans lui, expurgée, indifférente tandis qu'il étouffe déjà, crève de honte et de peur. Il ne connaît pas les codes de la violence, ne s'est même jamais battu. Il s'est piégé tout seul, lui, le fils de paysan, le pauvre gars en costume élevé socialement par ses études. Ici, il sent qu'il pourrait vite devenir une proie. Les portes du fourgon s'ouvrent, la lumière l'aveugle. On lui ordonne de suivre. Le regard bas, confus, rivé sur la couture du pantalon qui le précède, il suit jusqu'au greffe. Ses menottes retirées, il est fouillé méthodiquement. Une procédure banale, toujours humiliante, qui scelle le rapport de force. Tassé derrière son bureau, un type austère, avec de longues moustaches, des lunettes rondes cerclées de métal et de pauvres cheveux rabattus sur sa calvitie, lui commande de décliner son identité.

— Videz vos poches et déposez tous vos effets personnels. Papiers, argent, clés, bijoux. Je les consigne, vous les récupérerez le jour de votre sortie.

— Je dois aussi quitter mon alliance ? J'aimerais beaucoup la garder.

Ironique et douloureux pour un homme qui a foutu son mariage en l'air, Louis en a bien conscience. Il n'y a plus de couple, seulement des cendres. Pourtant, ce petit bout de métal, il s'y raccroche de toutes ses forces. Comme un naufragé se cramponnerait à une planche affreusement vermoulue. Par réflexe, pour ne pas sombrer trop vite.

— L'alliance, vous pouvez la garder.

— Ma montre aussi ?

— La montre aussi. Tout le reste, mettez-le ici.

Louis vide ses poches. Le greffier compte méticuleusement les espèces, les doigts repliés sur les billets. Avec un filet tendu de salive blanche, épaisse et collante aux commissures des lèvres.

— Vous avez un peu plus de cent cinquante-cinq francs, c'est une bonne nouvelle pour vous. Vous pourrez commencer tout de suite à cantiner.
— Cantiner ?
— Vous payer de quoi améliorer l'ordinaire. C'est pas l'hôtel ici. L'administration vous ouvre un compte, qu'elle gère à votre place pendant toute la durée de votre incarcération. Les détenus n'ont pas le droit d'avoir de l'argent sur eux, ça évite les problèmes. Vous aviez un métier dehors ?
— Oui, je...
— On vous trouvera quelque chose à faire. Sûrement au service général. En cuisine, à la buanderie. Bref... l'administration consigne toutes les sommes. L'argent envoyé par les familles, l'argent gagné. Ce pécule vous permettra de commander ce dont vous avez besoin. De la nourriture, des produits d'hygiène, des journaux, des cigarettes, une radio, des piles. Vous verrez, il y a une liste, avec les prix.

C'est froid, sans affect, sans agressivité non plus. Juste administratif. Ici, tous les jours, les fourgons cellulaires drainent de nouveaux visages. Abîmés par la vie, l'alcool, la drogue, la violence d'un quartier, d'un foyer, le chaos de pulsions. Tatoués, bardés de cicatrices comme autant de marques de puissance, de virilité ou d'appartenance. Des visages de monsieur tout le monde, des bouilles d'enfants, ceux qui puent la récidive. En début de carrière, il y a parfois l'empathie, la volonté de rassurer ceux qui semblent plus fragiles, la curiosité d'une histoire. Après des centaines de claquements de porte, des centaines de délinquants, de criminels charriés en boue continue, qui viennent grossir l'effectif de l'établissement déjà surpeuplé, il ne demeure plus que le travail carré et comptable. Contrôle des formalités d'entrée et de sortie. Gestion des dossiers d'orientation et d'extraction des personnes incarcérées. Mise en œuvre des procédures de notification des décisions administratives et judiciaires. Tenue des registres et des statistiques. Du papier. Des cahiers. De la rigueur. Des numéros de dossiers.

L'homme qui enregistre l'arrivée de Louis le regarde à peine. Quand il le fait, le regard glisse sur lui ou le traverse. Louis laisse ici et pour quelques mois sa peau d'homme, beaucoup de sa dignité, toute son espérance. Il devient un matricule, un numéro d'écrou qu'il devra mémoriser. Il n'est plus un enfant de la République, juste quatre chiffres. Quelqu'un lui prend ses empreintes digitales, il disparaît, réduit à dix petites traces bleu nuit figées sur le papier. On lui ordonne encore de suivre, il suit. Un homme lui tend un paquetage. Un drap gris, une vieille couverture, un kit d'hygiène, de la vaisselle, de quoi écrire. Entre deux portes, il attend. Serrure fermée derrière lui, quelques pas. Stop. Il attend. Porte ouverte, quelques pas. Stop. Serrure fermée derrière lui, quelques pas. Stop. Il attend. Porte ouverte, quelques pas. Stop. Toujours la même séquence, le temps fractionné, saucissonné. Accroché à la ceinture du gardien, un gros trousseau de clés aussi lourd que le désespoir de Louis.

Il entend tous ces bruits du dedans, inconnus, terrifiants. Les cliquetis de clés, les grincements de portes, les échos sourds de conversations, des ordres dans les haut-parleurs. Des pas, des cris qui se répondent. Le son d'une radio à fond. Des coups métalliques puissants et répétés sur des portes. Des insultes. Tous ces bruits entremêlés, hostiles, menaçants, rebondissent sur les parois des coursives et tranchent cyniquement avec ceux qu'il chérissait. Aucun répit, aucun silence pour se calmer. Le cerveau toujours aux aguets, anxieux, épuisé. Le tournis de pensées à vide. De temps en temps, il se glace. Un hurlement couvre les autres bruits quelques secondes, lugubre, plein de sang. Il pense à une bastonnade ou à un règlement de comptes entre détenus. Il grimace.

— Un type en manque. Ça prend la tête. Les autres bruits, on s'habitue avec le temps mais ça, on s'habitue jamais !

Le surveillant le conduit devant une porte, lui explique qu'il s'agit d'un placement provisoire. Quartier arrivant. Confusément, il comprend : cette cellule sert de poste d'observation avant la fosse. Avant le dur de la vie carcérale. Peut-être pour évaluer sa solidité. Louis ne désire pas s'habituer, il préfèrerait crever maintenant. Il n'a que quelques mois à tenir en prison mais sa peine s'étend bien au-delà des murs. Il n'a plus rien. Il n'est plus rien pour ceux qu'il aime. Dedans ou dehors, dorénavant, il est seul. Un homme seul est déjà mort. Il se dit que ça ne vaut peut-être pas la peine. De continuer. De lutter. De faire semblant. De se raser, de se laver. De se lever. Et puis, il pense à Nathalie. Un père mort c'est peut-être pire qu'un père absent. Un abandon supplémentaire. La lâcheté de trop. Comme si sa pensée était audible, l'agent précise que les premiers jours sont les plus durs. Et le jour d'arrivée, les premières heures. Un coup de massue. Le choc de se retrouver là, entre quatre murs, suspendu à l'ouverture d'une porte sans poignée, avec quelqu'un qui décide pour vous quand il est l'heure de manger, de se lever. La saleté. Les cafards. La bouffe. Il rigole presque en disant la bouffe. Le temps qui s'étire. On s'emmerde en prison, on paie sa dette. Après, on se résigne, on s'adapte. On survit. On. Louis se fond maintenant dans ce magma. Cette masse grise, informe, épaisse. Au moment où le maton déverrouille la porte, le cœur de Louis cogne fort dans sa poitrine. On pourrait presque l'entendre.

— J'ai pas toute la journée !
— Désolé.

La cellule est vide. Minuscule. Terne. Avec une odeur imprégnée de sueur et d'humidité. Peintures cloquées, lézardes. Lit métallique superposé, auréoles grises sur les matelas. Un rectangle de mousse supplémentaire, défoncé, à même le sol. Trois couchages pour une pièce de moins de dix mètres carrés. Louis n'imaginait pas qu'il aurait à partager une cellule, son cœur s'emballe. Seulement deux tabourets, une planche fixée au mur qui fait office de table. Dans un coin, séparé par une cloison basse, à un peu plus d'un mètre seulement de la table, un WC sans abattant, maculé de coulures rouille. Pas de porte, pas de rideau. Un WC posé là, sans la moindre intimité. Une verrue. Comme si on pouvait chier devant les autres facilement. Les chiens défèquent dans la rue, au pied de leur maître, parce qu'ils n'ont pas le choix. Parce qu'ils sont tenus en laisse. Entre la cuvette et la table, un miroir fixé au mur, dans lequel il ne peut voir qu'une partie de son visage, et encore avec son mètre quatre-vingt-dix, il doit se pencher un peu.

Au-dessous, le lavabo blanc décrépi, en conque, rappelle cyniquement un bénitier. Dieu l'a longtemps tourmenté, avec son monde en noir et blanc : le paradis, l'enfer, les péchés capitaux, sept mâchoires de fer entre lesquelles toute l'humanité se tient. Son cœur se pince, une vraie tenaille. Dieu n'est nulle part ici. De toute façon, Louis n'est pas éligible au paradis.

Au-dessus de lui, la lumière jaune, blafarde et crue rend le teint bilieux. Il n'y a que ça dans les couloirs, dans les cellules, des lumières artificielles et pisseuses qui se substituent au soleil. Sur le mur du fond, une seule et minuscule fenêtre, placée très haut, bardée de barreaux, doublée d'un caillebotis. Il s'avance, la lumière du dehors pique un peu les yeux. Après quelques secondes, ils s'habituent. Même en se tordant le cou, il n'y a rien d'autre à voir qu'un mur qui mange le ciel, un mur de forteresse. Des broussailles de barbelés courent sur cette grisaille. Pas un oiseau, pas un morceau de vert, juste une ligne de bleu dans la partie haute du quadrillage. Un filet étroit d'azur, irréel, presque sadique, qu'on dirait tracé au pinceau.

Dix-sept heures. Louis fixe sa montre. Il tapote le cadran, vérifie la course des aiguilles. Le temps s'est arrêté. Chaque minute s'épand, épaisse comme une pâte. Chaque minute en contient dix. Molles, lourdes. Il ne se passe rien. Rien à faire. Rien à voir. Il y a juste ces bruits incessants, qui se superposent. Un flot d'agressions bavardes, d'éclats de voix, de gémissements sinistres, de conversations. Parfois, d'un bâtiment à l'autre. Le claquement des grilles. Les radios qui gueulent leurs décibels. Des allées venues dans les coursives, des chaînes de mots fondus, comme chuchotés. Ça crie, pour régler des comptes, pour appeler les matons, demander une clope ou du café. Pour dire je suis encore debout, je suis en vie. Tu es un homme mort. Louis n'est plus qu'une grande oreille. Il a une frousse terrible. À intervalles réguliers, il entend aussi le frottement métallique de l'œilleton. Un œil l'observe. Il observe l'œil. Un point intrusif et poreux dans la porte.

Depuis quelques minutes, un cafard longe tranquillement les murs de la cellule. Un spécimen long et gras comme un moine, à qui la nourriture de la prison profite. D'autres, prudents, passent dans le champ visuel de Louis comme des étoiles filantes. Il se dit que ça doit grouiller la nuit, quand il n'y a plus cette lumière jaune pour les tenir à distance. Il entend des protestations dans les cellules, un charriot qui se rapproche, des bruits de vaisselle. Il comprend que c'est l'heure du dîner. Il regarde sa montre.

Dix-sept heures trente.

(Avril 1976, perspectives)

Le pêne s'ouvre, il en rêvait depuis trois mois. Louis serre la main de Michel dans les siennes quelques secondes, les yeux rivés à ses pupilles, la bouche sèche. Beaucoup de mots silencieux peuvent tenir dans une poignée de main. Tiens le coup. Je ne suis pas loin. Merci d'avoir été là. Beaucoup de pudeur aussi même si l'émotion les submerge. Ils se sont donné rendez-vous dehors, devant la grande porte bleue. Dans douze semaines exactement, le temps se compte à rebours derrière les barreaux. Quatre-vingt-quatre jours. Trente-six douches. Lorsque ce sera au tour de Michel de serrer la pogne de son codétenu, la gorge pleine d'épines avant l'ivresse d'un air libre, s'il tombe sur un gars tranquille et sociable bien sûr. Un type qui n'a pas envie de lui refaire le portrait façon cubiste, avec une fourchette trafiquée ou un morceau de verre. Un détenu dont le cerveau n'est pas rongé par les vers.

Louis et Michel ont eu cette chance, ils se sont flairés, ont compris qu'il n'y avait rien à craindre, se sont aidés à rester debout. Un codétenu, c'est déjà compliqué de jour. En cellule, il faut se rogner. Se rendre invisible, fonctionner au ralenti. Attendre aussi. Surtout attendre. Conjuguer ce verbe en permanence. Le bouffer à toutes les sauces.

Attendre les parloirs. Attendre la promenade. Attendre la gamelle. La douche. Une lettre. Des soins. Mais attendre dans le même air qu'un autre, avec les habitudes d'un autre, dans les bruits, l'odeur et l'humeur d'un autre. Ça suinte, c'est lourd. Les nuits sont pires. L'art de la contorsion, un tour de passe-passe. Plus de douze heures sans bouger ou en bougeant à tour de rôle. Toutes ces nuits à partager ses cauchemars, dans moins de dix mètres carrés, alors qu'on a déjà du mal avec soi-même, ça met vite les nerfs à vif. La faim, le froid, la vermine, le grouillis des nuisibles, les ronflements, les relents de pieds, de sueur, de merde, le glissement régulier de l'œilleton, le sommeil difficile, les réveils brutaux et les lits renversés... La nuit est une prison dans la prison, elle concentre la peine. Un rien suffit à l'embraser. Alors, tomber sur Michel, qui ne demande qu'à purger tranquillement ses quelques mois de prison, c'était déjà un soulagement. Il imagine sa douleur de rester, derrière cette porte sans poignée, suspendu à une autre volonté que la sienne. Rester là, figé, comme un insecte épinglé, digne pourtant, presque souriant. Rester là, à regarder partir Louis, si léger, indécemment léger, en lui pardonnant sa joie et en cachant sa frousse d'être à nouveau seul.

— Si tu ne te décides pas, je veux bien prendre ta place mon salaud. Fous le camp maintenant !

Louis rit, la gorge serrée. En entendant le pêne qui se referme derrière lui, il sait qu'il laisse dans cette cellule la part de lui-même la plus abîmée et la plus honteuse. La culpabilité, les remords puent davantage que les corps et ne disparaissent pas sous le pain de savon. Dehors, il ne s'autorisera plus le moindre écart. Le loup a été mâté par la prison. Il longe la coursive, collé aux chaussures lustrées du maton, dans ce bruit permanent, complexe et bricolé, qui dégorge des murs de jour comme de nuit. Un chroniqueur sportif commente fébrilement le dernier match de l'OM, corner, une bagarre éclate en promenade, faute dans la surface de réparation, un type hurle qu'il veut voir un médecin, le numéro dix se prépare à tirer le pénalty, des clés s'entrechoquent sur les trousseaux et but ! Clac, clac, serrure ouverte puis verrouillée. Tout se superpose, toujours, comme une polyphonie étrange. La tête de Louis est pleine de bruits depuis trois mois, jusqu'à l'overdose. Serrure fermée derrière lui, quelques pas. Stop. Il attend. Porte ouverte, quelques pas. Stop. Serrure fermée derrière lui. Il sourit. Il sait que ce sont les dernières séquences avant le bleu du ciel. Les derniers moments de déplacements mécaniques, avant de reprendre possession de lui-même. Avant de retrouver son nom et son prénom. Avant de quitter sa mue grise pour sa peau d'homme. Au fond du couloir, dans l'enfilade des portes, il aperçoit le greffe. Dans quelques mètres, fin des parloirs, des fioles, de la gamelle et du toto pirate. Ses narines palpitent d'impatience. Le même crâne chauve, recouvert de pauvres mèches, l'attend pour la levée d'écrou.

— Vos effets personnels. Vérifiez que tout y est.

L'homme lui rend son portefeuille, lui tend les quelques francs qui lui reviennent après la clôture de son compte. Louis a cantiné plus que d'ordinaire cette semaine. Il a flambé. À défaut de pouvoir grimper sur les toits, ils se sont offert un vrai festin avec Michel. Des fraises, du fromage, des biscuits, des gitanes. Une joie par procuration pour celui qui reste. Toute la nuit, dans les volutes de fumée bleue qui s'échappaient du coin de sa bouche, Michel a laissé ses rêves emplir le noir de la cellule. Les murs ont disparu. Plus de grisaille ni de vermine mais un soleil mûr comme une panisse et un pointu bleu et blanc. Il s'est repris, parce que pointu en prison, c'est un mot qui inspire du dégoût et cause bien des emmerdes. Une barque alors, glissant sur une mer d'huile, avec sur son flanc un prénom de femme, un prénom vraiment sexy tu vois, comme Sabine ou Sophie. Ses yeux ont lui dans les vapeurs âcres. Du silence, juste le silence, l'eau qui clapote de temps en temps et du poisson qui vient se jeter sur les lignes. Rien d'autre à faire que te la couler douce en attendant que le seau se remplisse… On s'évade rarement en prison, les corps traînent toujours à la remorque. Louis n'a rien dit, il a laissé courir l'esprit de Michel, pour lui donner le courage de se retrouver seul. Lui, il a la chance de partir aujourd'hui. Son paradis l'attend de l'autre côté de la porte bleue.

Le greffier lui remet son billet de sortie. Sans un regard, avec le même filet de salive épaisse entre les lèvres. Le film se rembobine, avec une crampe au niveau du cœur. La porte s'ouvre, un clac tonitruant derrière lui résonne jusque dans ses os et il est libre, enfin. Il ne se retourne pas, voudrait déjà se laver de la prison. Il inspire à s'en faire péter la cage thoracique, l'air sent les feuilles, les pollens, les gaz d'échappements. Ses épaules se redressent d'un coup. Il aimerait figer l'instant, ce moment d'excitation presque douloureuse où il retrouve la sensation physique de sa liberté, la lumière naturelle du soleil, où l'espace resserré depuis trop de jours se dilate et s'étend à nouveau. Devant Louis, des rues ordinaires et quelques barres d'immeubles, un café vide et un vieux cabot qui traîne la patte. Il voit bien plus, un monde avec des perspectives et des points de fuite où un chien peut même disparaître. Un monde où il est possible de marcher sans tourner en rond. Le ciel n'est plus griffé de barbelés, le monde ne tient plus entre quatre murs. Les arbres de la place, percés de bourgeons, ont l'éclat d'un parc. La vie n'a pas coulé depuis trois mois. Débauche de gris tirant vers le noir. Quelques giclures sang parfois. Alors il faut reprendre du vert et du bleu dans la rétine à petites doses, pour se réhabituer à la beauté.

— Louis...

Il ne l'a pas vue arriver mais son parfum de pomme verte l'a précédée. Il flotte dans l'air. Une odeur de verger, de mois de mai. Elle se tient là, tout près, intimidante, presque irréelle, dans sa combinaison en jean moulante, foulard gavroche autour du cou. Un tapis de mousse sur sa peau de lait qui indiquerait le chemin des baisers. Belle à en faire mal. Marie.

— Tu t'es coupé les cheveux. Ça te va bien.

Elle lui sourit. Elle ressemble à Jean Seberg dans le film *À bout de souffle*. Une petite tête de piaf terriblement séduisante. Ses cheveux ont la couleur du miel, il rêve de plonger dans le pot. Il ne sait plus ce qu'il doit faire, ce qu'il peut faire avec elle. Marie n'a pas la même pudeur idiote, elle le prend dans ses bras naturellement, plaque sa tête sous son menton. Comme si rien ne s'était passé. Comme s'il ne lui avait pas arraché le cœur et qu'il revenait d'une mission en mer qui aurait trop duré. Un voyage par mer forte ou grosse qui aurait éreinté les corps et laissé quelques larmes, un voyage qui aurait creusé les traits mais n'aurait rien abîmé du désir et de la joie des retrouvailles. L'oreille collée à son torse, elle prend le pouls de son mari. Le cœur de Louis lui dit j'ai faim de toi, j'ai faim de nous, je te demande pardon. Elle n'a pas besoin de ses mots, son corps parle davantage. Il ne ment pas. Elle passe ses mains sous la chemise, sent les os plus saillants. Sous la pulpe de ses doigts, la colonne bosselée, les barreaux des côtes. Chacun de ces os lui a manqué. Son homme a tellement maigri. Elle sent le désir de Louis qui se love sur sa cuisse. Un désir impérieux. Il a l'air gêné, elle se détend et se colle davantage, ce besoin la rassure. Elle n'aurait pas supporté que sa peau le laisse froid. Il y a entre eux une blessure vive, un désir qui s'est trompé d'objet, mal aiguillé, qui les a foutus en l'air. Le désir de Louis la rattrape, la répare, les reconnecte. Bien sûr, le trou dans le ventre est toujours là mais sa souffrance ne l'a pas engloutie et son amour est patient. Elle se dit que cette plaie finira par se refermer. Ses berges sont déjà moins sensibles. Un jour, peut-être, pourra-t-elle caresser sans douleur ses cicatrices. Peut-être aussi que l'amour a besoin d'être éprouvé pour grandir.

    Elle a haï son mari, de toutes ses forces. Un bonheur désossé devient de la rage. Louis est resté seul avant le procès. Il a été condamné seul. Il est entré seul en prison. Il l'avait bien mérité. Il aurait pu crever. Malgré tous les mots crachés, la colère, le dégoût, l'amour n'a pas lâché prise. Il est resté là, étrangement accroché au cœur, indélogeable, irréductible et ce serment, lancinant, a fini doucement par ronger sa haine : je promets de te rester fidèle, dans le bonheur et dans les épreuves, dans la santé et dans la maladie, et de t'aimer tous les jours de ma vie. Même si Marie n'avait pas imaginé la forme que recouvriraient ces épreuves. Alors un beau jour, elle a franchi la porte du centre pénitentiaire, le cœur chassieux, elle a suivi, mal à l'aise, d'autres visiteurs. Surtout des femmes, jeunes et moins jeunes, des compagnes, des mères, des sœurs. Elle s'est laissé fouiller. Des mains dégueulasses sur elle, débordantes, opportunistes. Elle a eu l'impression de passer de l'autre côté, pour être aussi peu considérée.

Elle s'est retrouvée face à Louis, aussi étonnée que lui. En plongeant dans les yeux de son mari, elle a compris qu'une partie d'elle-même était coincée là, dans les murs sales de cette prison, avec lui. Dedans et dehors étaient affreusement perméables. Il lui a demandé pardon. Avec le regard accablé d'un enfant qui avait cassé quelque chose d'infiniment précieux sans le vouloir, par jeu, par simple curiosité, sans en anticiper les effroyables conséquences. Les larmes de Louis ont glissé sur ses joues en dessinant des barreaux translucides. Il était sa propre prison. Elle a ressenti de la pitié, elle a pleuré avec lui, sa colère s'est dissoute. Ils ont parlé. Difficile sous surveillance. Au parloir, les mots ne peuvent pas être chuchotés, souterrains, sinon ils portent des couteaux, deviennent suspects. Il faut tout mettre sur la table, sans pudeur, trop vite. Alors pour crever l'abcès, essayer de comprendre, décider si leur couple pouvait survivre à ça, il a fallu que Marie mette ses tripes à l'air. Certaines réponses ont fait terriblement mal. Des orages qui ravinaient tout et la laissaient à terre. Dans ce fracas, un regard, un soupir, un simple mot redonnaient corps subitement à l'espoir. À la fin du parloir, il lui a demandé si elle pensait revenir. Elle a répondu que oui. Il a osé demander si elle pouvait revenir avec un bout de tissu imprégné de son odeur. Pour la garder plus longtemps avec lui. Elle a compris qu'il l'aimait encore.

Ils ont touché le fond, se sont cognés mais remonteront à la surface. Ensemble, pour le pire et le meilleur.

(Avril 1976, la haine)

Il coupe à travers champs, du vert dru et bourdonnant à perte de vue. Devant lui, une mer souple de tiges, dressées vers le soleil, monte jusqu'à la ferme. Sa tête brune flotte, ressemble à un ballon emporté par le courant. Le corps du bâtiment dessine une île. Il avance, trace son sillon. Les épis sont de petits ventres gonflés, encore à l'abri dans les gaines. Quelques barbes dépassent, l'épiaison ne tardera plus. Sur son passage, il caresse le blé, machinalement, comme s'il flattait une bête, le cul d'une vache ou le dos d'une chèvre. Il l'a toujours fait, il est un enfant de la terre. Il est presque arrivé. Plus haut, près de la remise, il devine la silhouette de son père. Le corps en équerre, son vieux doit être en train de nettoyer ses outils. Le pouls de Louis s'accélère. Une de ses paupières est secouée de spasmes, elle semble écrire en morse. Ce sera difficile.

Sa mère est venue au parloir une fois. Seule, en bus. Louis a compris, c'est si bavard parfois, une absence. Elle était gênée, à cause de la prison ou à cause de lui, il a préféré ne pas savoir. Il a eu mal pour elle, racornie et grise sur son tabouret, sèche de mots, tarie par la honte. Redoutant d'être vue, ou pire, reconnue. Une mère humiliée.

Coupable. Il ne voulait pas qu'ils aient la prison en partage, les miradors, les murs d'enceintes, les cris. Il lui a demandé de ne plus venir, lui a dit que c'était mieux, moins de fatigue pour elle. Qu'il viendrait à la ferme dès qu'il sortirait. Elle a acquiescé, soulagée.

Il ne reste que quelques mètres, le chien, couvert de poussière terreuse, se jette sur lui en remuant la queue. Un beau berger australien à la robe merle dont la présence joyeuse lui fait du bien. Louis le caresse, sent sa langue baveuse sur les mains. Son père siffle, le chien retourne au pied de son maître.

— Qu'est-ce que tu fiches là ?

Le ton est hostile. Le regard dur. Louis jette un coup d'œil à la ferme. Sa mère et Yvonne se tiennent debout derrière les voilages, le visage fermé et douloureux.

— Je suis venu vous voir.

— Dégage.

— Papa, je…

— Je n'ai plus de fils. Dégage, espèce de salopard !

Le père de Louis saisit une fourche et le menace. Son visage est celui d'un étranger. Au bout de chaque dent, il y a la haine, le rejet de ce qu'il est. Louis recule. Il aimerait que la porte d'entrée s'ouvre. Elle ne s'ouvre pas. Sa mère et sa grand-mère essuient rapidement leurs yeux derrière leurs lunettes, baissent les rideaux. Les vitres pleurent. Il est devenu orphelin.

(10 mai 1981, le parfum des roses)

Le visage est solennel, le moment historique. Décompte du journaliste sur une pluie fine de carillons. Louis et Marie fixent le téléviseur, retiennent leur souffle, main dans la main. Par superstition, pour forcer le destin. Dans dix secondes, la France aura peut-être changé de visage. Un écran vert s'affiche. Cinq, quatre, trois, deux, un... Le sommet d'un crâne chauve pixélisé apparaît sur le drapeau tricolore, ils hésitent encore. Le portrait se dessine, par strates. Sourcils, nez. Ils hurlent dans le salon. La voix de Jean-Pierre Elkabbach annonce que François Mitterrand est élu président de la République. Les sept prochaines années auront le parfum des roses.

Ils s'étreignent, s'embrassent, dansent. Nathalie danse aussi, fait tournoyer son frère. Ils tourbillonnent, deux feuilles allègres dans le vent, ils rient aux éclats. Elle ne sait pas pourquoi, ce monsieur aux gros sourcils noirs dans le téléviseur, c'est comme un Père Noël pour ses parents. Elle ne les a jamais vus sauter de joie. Sylvain ne se pose pas de questions. Ses parents ont oublié de le coucher, il profite du rabiot providentiel. Il bondit dans tous les sens, un vrai cabri en pyjama, pousse des cris aigus, fait voler son doudou. C'est la fête. Le bouchon de champagne saute, avec la détonation d'un pistolet qu'on décharge. Nathalie bouche ses oreilles, personne ne meurt. Au contraire, Louis et Marie redoublent de joie, la mousse déborde, ils s'embrassent, elle les trouve beaux tous les deux, surtout son père, mais ce baiser sur les lèvres la dégoûte un peu. Papa et maman boivent une coupe, puis une autre, déposent une larme d'or derrière ses oreilles et celles de son frère. Comme elle est grande, ils l'autorisent à tremper son doigt dans le verre. Sa langue pique, elle grimace, ils éclatent de rire. Ses parents scandent qu'ils ont gagné, elle ignore quoi mais ça doit être très important, un trophée ou un trésor, elle s'accroche à leurs jambes, une liane, et leur bonheur la fait tanguer. On entend les premiers coups de klaxons, des voisins sortent dans la cage d'escalier, ça cogne dans les murs, ça pouffe, ça glousse, ça siffle, l'immeuble est un immense rire de gorge. Les bruits de la rue enflent. De partout, les mêmes mots « on a gagné, on a gagné ! », « Mitterrand, Mitterrand, Mitterrand ! » La rue vibre, elle chante, bruisse comme un soir de feu d'artifice, avec des éclats de rire et des cornes de brume. Elle crie même plus fort que les jours bleus et blancs où l'équipe de foot gagne le match.

— On sort ?
— On sort. J'habille les enfants.
— On s'en fout chérie !

Louis soulève Nathalie, la couvre de baisers, la fiche sur ses épaules. Dehors, ils disparaissent dans une marée de têtes et de mains. Une marée noire, exaltée, furieuse et gaie. Nathalie ne savait pas que le bonheur pouvait faire peur. Il rugit. À côté d'elle, les jambes de Sylvain pendent comme deux longues oreilles dans le cou de sa mère. Elle attrape sa main, la cale dans la sienne, pour se donner du courage, apprivoiser le grand serpent de nuit qui continue de grossir. Mitterrand a promis l'abrogation de la peine de mort. Cent cinquante mille emplois publics, plus de soins et d'éducation. Cinq semaines de congés. La hausse du SMIC, un impôt sur les grandes fortunes. L'égalité salariale entre les hommes et les femmes. La contraception gratuite, le remboursement de l'IVG. Il a surtout prononcé une phrase, il y a quelques jours, dans un meeting animé par Gisèle Halimi. Une phrase fondatrice, inespérée. Il pense à son père. Son vieux doit manger son chapeau ce soir. La France change. Ses mœurs et sa législation aussi.

(Avril 1986, la rencontre)

— Celui-ci dans ta chambre ma puce.
Louis s'affaire à l'arrière de la fourgonnette. Il l'a louée pour la journée. Elle devrait suffire à tout déménager, ils ne possèdent pas grand-chose. Il y a dix ans, presque jour pour jour, ils se sont retrouvés sur la route, seuls avec Marie et la petite. Une double peine après la détention. Son père l'a mis en garde au bout de sa fourche, il n'aurait pas hésité à le planter comme un rat. Les parents de Marie n'ont pas compris qu'elle le reprenne, il ne la valait pas. Ils ont imaginé que leur silence obligerait Marie à choisir et ils avaient raison. Ce serait toujours Louis. Les amis ont disparu. Leur voisine Jeanne ne les a plus jamais appelés « mon petit ». Marie a fait semblant. De ne rien voir. De ne pas souffrir. De trouver insignifiants tous ces silences, ces cœurs dénervés. Louis n'a pas retrouvé d'emploi, le bail, à échéance, n'a pas été renouvelé. Cela faisait trop, même pour Marie. L'indignité ne s'essuie pas d'un revers de manche. Ils ont préféré partir.

Ailleurs, dans une ville plus grande, ou encore une autre, moins curieuse ou comptable du passé, ils se sont lentement reconstruits. Louis a repris le travail de la terre, les gestes héréditaires. Ils ont fait avec. Ou plutôt sans.

Sans famille ni pardon, sans gage d'avenir ni argent. Ils ont bougé régulièrement : les faits divers locaux frappent la mémoire, leur nom de famille ne court pas les rues. Ils se sont peu encombrés, prêts à reprendre la route chaque fois que les regards se chargeaient de grain. À la naissance de Sylvain, Nathalie pouvait même faire du vélo à quatre roues dans l'appartement. Ils ont puisé toute leur force dans leur couple, chacun a été la boussole de l'autre. Leur amour a gagné de la vigueur, de nouvelles couleurs malgré les ronces. Avec les années, de nouveaux amis sont arrivés, ils ne savaient pas ou ne demandaient rien ; peut-être que la prison, les redresseurs de tort appartenaient enfin au passé. Louis et Marie ont préféré ne rien dire. C'était plus facile. Ils avaient envie de normalité, de portes ouvertes, de vent frais, de légèreté. De Cindy Lauper et de Madonna, comme tout le monde.

Let love shine
And we will find
A way to come together, can make things better
We need a holiday

Il y a quelques mois, un ami leur parle d'une maison. Sa mère vient de décéder, il compte sur le bouche-à-oreille pour la vendre. C'est un signe : la vie les plante là, pour prendre racine. Ils vont visiter la maison, encore pleine de ses odeurs et de ses souvenirs : une bicoque dans son jus depuis vingt ans, encombrée, désuète, avec des cadres de famille partout, pour peupler le silence, des lambris sous les combles, des tapisseries psychédéliques, un empilement d'objets hétéroclites terriblement kitsch. Mais aussi et surtout, une belle pile grège en pierre naturelle, un escalier raide, juste après l'entrée, qui s'ouvre sur une cave aux allures de grotte, aux odeurs suaves d'humidité et de jambon cru. Des tommettes brique, des carrelages en grès émaillé, du parquet. Une cuisine délicieusement rétro qui s'ouvre sur une belle véranda par une petite fenêtre intérieure. Des escaliers vers les chambres, patinés par le temps, qui embaument l'encaustique et grincent un peu à chaque pas. Rien aux normes, des travaux pour des années mais ils ne manquent pas de courage et la maison a un charme fou. Une âme. Atypique, un peu bancale, avec des défauts et des réparations de fortune. Comme leur couple. Ils sentent qu'ils peuvent déposer leur cœur ici, la promesse de bonheur saute aux yeux, elle se mesure en empans, en grandes enjambées, fiévreusement. Les volets claquent, un air vif douche la maison. La lumière ne demande qu'à s'épandre, elle jaillirait en abattant seulement une ou deux cloisons. Il suffit de voir la poussière danser dans les pièces, espiègle, qui accroche déjà les rayons. Ils entrent dans les murs, cohabitent joyeusement avec le passé, le subliment. On pourrait repeindre les poutres. Fusionner ces deux pièces. Il y a un peu de terrain à l'arrière, envahi d'herbes hautes et de chiendent, où ils pourraient faire pousser des fruits et des légumes, laisser une ou deux poules courir en liberté. Quelques fruitiers. Ils s'y sentent tout de suite chez eux.

 Nathalie attrape le carton, walkman aux oreilles. Son prénom est écrit sur le côté, au feutre noir grosse pointe. Certainement ses peluches, vu le poids plume. Ses parents auraient préféré qu'elles ne fassent pas partie du voyage. Elle résiste. Elle veut bien grandir mais par étapes. Oui à l'argent de poche, aux boums et aux baisers avec la langue, cette équation à deux inconnues, comment et avec qui. Le reste attendra. Elle a déjà ses ragnagnas comme disent bêtement les poux boutonneux de son collège qui ne connaissent rien à la vie. Son corps a changé, visage encore poupin mais les seins pointent un peu et les hanches s'arrondissent. Son père dit d'elle qu'elle est une magnifique fleur tardive. Elle porte des soutiens-gorge bonnet A, qu'elle bourre parfois avec un peu de coton, pour voyager plus vite dans le temps. Les garçons commencent à la regarder différemment, quand elle ne sourit pas. Si par malheur elle ouvre la bouche, c'est fini. Sauve-qui-peut. Sa denture est un vrai champ de bataille, une armée de bagues et de fils. Avec deux canines mal placées, surplombant le massacre, pour couronner le tout. Un petit vampire. Sa chanteuse préférée, Céline Dion, a aussi les dents de travers, ça leur fait au moins un point commun, mais elle est bien plus jolie et possède une voix de diva. Un point pour Céline, zéro pour Nathalie. Aucun garçon ne s'intéressera à elle avant la Saint Glinglin, elle maudit ses dents, ses tresses de bébé, sa peau trop grasse et ses poils sous les bras. Alors non, elle ne lâche pas ses peluches, elle en a encore trop besoin.

Sylvain file entre les jambes. Il a sorti de son carton la maquette d'avion qu'il a construite avec son père. Un magnifique Concorde de quarante centimètres, blanc comme un nuage. Son père l'a prévenu, ce n'est pas un jouet. Commandant Sylvain à tour de contrôle, je demande l'autorisation de décoller. Tour de contrôle au commandant Sylvain, le ciel est dégagé, avions cloués au sol, vous pouvez décoller. Je répète, vous pouvez décoller. Le bec incliné du Concorde se redresse, darde les moulures du plafond, les moteurs sont poussés à fond. L'avion prend de l'altitude, survole la Cordillère des Andes, une chaîne d'arêtes et de pics peignés par des vents violents et glacés, qui étirent les nuages sur la neige comme des filaments de barbe à papa. Même pas peur. D'une seule main, double looping et il se retrouve au ras du parquet terre d'ombre. Le voilà en Afrique. Sous le cockpit, des baobabs millénaires, des cous tendus de girafes, des hippopotames qui prennent des bains de boue, gueule ouverte, et des lionnes qui chassent les antilopes. Virage à gauche, l'avion survole un paradis tropical orange, des cascades de fleurs exubérantes dont les motifs se répètent sur chaque lé de tapisserie. Il met la gomme, vitesse supersonique, croise une terrienne aux dents d'acier qui porte un gros carton, elle gesticule, ouvre la bouche mais ses mots s'écrasent lamentablement au sol, à cause de la gravité et il ne les entend pas. Elle lui tire la langue. Il traverse l'Océan Pacifique, une laque bleue sans remous, peuplée de baleines et de cachalots, atterrit en urgence en plein désert, sur les carreaux vanille de la cuisine, à court de carburant. Il fourre une grosse madeleine dans la bouche, deux carreaux de Merveilles du monde. Il avale un jaguar, puis un toucan. Il adore ce chocolat au lait. Concorde ravitaillé, direction le Costa Rica.

Louis sourit. Son bonheur habite ici. Vert et tendre, dans les herbes qui ébouriffent son jardin. Humide et chaud, avec un son d'abeille, dans les baisers volés à Marie. Bruyant, vrombissant, d'une pièce à l'autre. Le dos un peu courbé, pour s'excuser d'avoir grandi d'un coup. Il regarde Nathalie et ses bras trop petits pour son carton de peluches. Il ne voit pas les dents qui se chevauchent, le corps chamboulé par les hormones, caché dans des vêtements trop grands. Les Converse pointure 37, parce que les pieds ont grandi avant le reste. Il voit juste son bébé, avec ses petits doigts de fée et son crâne conique, qui lui échappe déjà. Treize ans. Son bout de femme grandit vite et il a mis tellement de temps à être en paix avec lui-même. Avec ses cheveux tressés tirés en arrière, elle ressemble à Marie, l'année où ils se sont rencontrés. La maquette, qui lui a demandé tant de patience, ne survivra peut-être pas au déménagement. Peu importe. Il suit, amusé, ce long oiseau blanc aux prises avec l'imaginaire explosif de son gamin. Sylvain, son autre miracle. Il se sent plein, fort. Il pourrait courir un jour entier sans se fatiguer tellement il a faim d'avaler le monde. Ce bonheur, il le doit à Marie. Il se souvient de l'émotion qui l'avait submergé en passant la porte bleue. Le corps qui s'allège d'un coup, l'espace qui s'expand, comme soufflé. L'ivresse du dehors, après des mois paralytiques. Ce bouillonnement intérieur. Il sait qu'il ne pourra pas garder le secret toute sa vie. En même temps, il a une frousse terrible de se confronter à ses enfants, à leurs questions, à leur jugement. Ils n'ont jamais su, une manière de les protéger. Toute vérité finit par être découverte. Alors, il vaut mieux que ce soit lui qui leur dise, un jour, pour la prison. Parler vrai mais sans être complètement à poil, leur regard pourrait changer. Un exercice vertigineux.

Marie verse la farine sur la table, ajoute une généreuse pincée de sel. Un nuage de poudre, doux comme un songe, irrite délicieusement ses narines. Elle creuse un large puits au centre du dôme, casse trois gros œufs blancs, bien frais, ajoute un filet d'huile d'olive. Avec le bout des doigts, elle ramène la farine dans le puits, commence à malaxer. La farine s'agrège à la masse visqueuse des blancs, devient collante. Les jaunes éclatent sous la pression. Elle continue en fredonnant, de petits morceaux de matière gluante sur les doigts. Elle fraise amoureusement la pâte, pourrait laisser glisser son alliance dans la boule qui prend forme. Elle sourit. Le bonheur aujourd'hui roule sous sa paume. Marie a toujours aimé cuisiner pour Louis.

— Je peux vous aider ?

Quelqu'un a crié depuis la route. Les bras cessent de pétrir, Marie s'essuie les mains, le front. De petites mèches collent dans son cou. Elle tend l'oreille, entend Sylvain qui se bat contre un monstre marin dans le jardin, Nathalie qui fredonne « Envole-moi », ses écouteurs à fond vissés sur les oreilles. Cette gamine va finir par se rendre sourde. Il y a aussi cette voix, en fond sonore, qui chante, roule les r. Amenuie par le tampon des murs. Elle se mêle à celle de Louis. Ils discutent, rient, un nouveau voisin sans doute. Elle recouvre la boule d'un linge humide, s'approche de la porte. Avec le contre-jour, elle ne voit rien au début. Elle porte sa main en visière, plisse un peu les yeux. Un homme se tient là, face à Louis, elle ne peut voir que son dos. Ou plutôt elle voit sa tignasse épaisse, en désordre. Des cheveux de jais, aussi brillants qu'un cuir verni. Il doit travailler en extérieur, dans les champs ou sur des chantiers de travaux publics parce qu'il a la peau très mate, alors qu'ils ne sont qu'au printemps. Les bras piqués de grains de beauté. Jeune, leur âge sans doute. Grand, longiligne. Décontracté, avec des espadrilles portées comme des chaussons, la toile écrasée sous le talon. Son pantalon baille un peu.

— Chérie, je te présente ? Nous avons une âme charitable qui se propose de nous aider. C'est très gentil de sa part.

Il s'est retourné, lui sourit. Elle s'approche, hoche légèrement la tête pour le saluer, passe son bras autour de la taille de Louis. Elle le voit mieux. Son visage, effilé, pointe un peu, avec un creux sombre dans la partie charnue du menton. Une barbe de quelques jours. Il a des yeux magnifiques. Deux gros grains de café torréfié. Elle sent sur elle ce feu fixe et noir, quelque chose de presque douloureux la traverse, une décharge. Son sourire aussi fait mal. Légèrement asymétrique, une coquetterie de la nature, très doux, tendre. Pas poli, non. Tendre. Alors qu'ils ne se connaissent pas. Il tient un paquet de café à la main. Il précise, du café Moka, comme s'il apportait des truffes. Un cadeau de bienvenue. Elle ne pourrait pas expliquer ce qui la trouble, tout a l'air si normal, si ordinaire en surface. Elle lui rend son sourire, essaie du moins. Quand il lui tend le café, elle hésite. Comme si c'était elle qui s'apprêtait à lui donner quelque chose qu'elle souhaitait retenir.

Louis s'est endormi en quelques secondes. Elle n'a jamais compris par quelle magie il parvient à s'endormir dès que ses yeux se ferment. Il a le réflexe mécanique d'une poupée que l'on couche. D'habitude, ça l'amuse. Ce soir, pas du tout. Louis dort si paisiblement à côté d'elle, alors qu'elle bout. Elle s'agite dans les draps, les remue comme une bêche, sans trouver le moindre répit. Il ne fait pas chaud mais ses cheveux collent aux tempes, dans le cou. Elle se demande si elle n'a pas un peu de fièvre. Elle pense à ce garçon. Andrea. Elle relève les draps d'un coup, pour provoquer un appel d'air, le chasser de son cerveau. Elle descend les escaliers, chaque pas la démasque, même quand elle place ses pieds sur les côtés des marches, moins usés et moins bavards. Dans la cuisine, elle passe un peu d'eau sur sa nuque, se verse un grand verre de lait glacé, le boit lentement, par petites gorgées, la tête dans l'entrebâillement du réfrigérateur, pour essayer de faire redescendre son rythme cardiaque. Il ne s'est rien passé d'équivoque tout à l'heure. Louis heureux, son Louis, tout près d'elle. Cet inconnu, engageant, affable. Dangereux. Elle s'est montrée courtoise. Son regard est passé de l'un à l'autre. Elle a aussi senti le feu fixe sur elle. Ce soir, il la consume.

Pas maintenant. Pas après toutes ces années à tout rebâtir.

SAMUEL

(Mars 2015, Moka et térébenthine)

La Triumph amorce le dernier virage, collée au bitume. En contrebas, le champ d'amandiers est une débauche de rose. Les fleurs explosent, colonisent les rameaux encore dépourvus de feuilles, le printemps, toujours précoce, ronge l'hiver et exhale une enivrante odeur de miel. La moto stoppe sa course au fond de l'allée, pose son ventre sur la béquille. Derrière le portail, la maison semble borgne, flanquée à l'étage d'une fenêtre aux volets clos et d'une autre, béante comme une large orbite.

Un bref coup de sonnette. Samuel ouvre sans attendre, narines saturées dès l'entrée par les arômes puissants du café mêlés à l'odeur d'encaustique. Ce parfum, Moka corsé, cire et térébenthine, auquel chacun de ses souvenirs d'enfance se raccroche, qui le cueille à la porte et le lave du stress aussi sûrement que l'air chaud d'un sauna finlandais, c'est la signature olfactive de la maison de sa grand-mère. Samuel suspend sa veste à la patère, pose les clés sur le centre de table, une longue conque en verre translucide des années soixante-dix. La cuisine glougloute, le paradis mijote à couvert.

— Tu es là tesoro, je ne t'avais pas entendu.
— J'ai sonné pourtant. Tiens, mets-ça au frais.

— Santa Madonna !

Sifflement admiratif à la vue de la bouteille. Deux paires d'yeux superposés le fixent. Regard noir, ristretto, surmonté de lunettes en écaille posées de biais sur le front. Sous cet improbable regard d'insecte à quatre yeux, une large rangée de dents jaunies lui adresse un sourire franc magnifique : Andrea, le compagnon romagnol de Marie. Un accent aussi épais qu'une sauce réduite, malgré des décennies passées en France. Le u immanquablement prononcé ou : Andrea l'aspire, bouche arrondie et joues creusées comme s'il grumait un vin. Le r, ronronnant, un accent tonique et des modulations qui jouent depuis toujours la carte de la liberté : sa prosodie varie au gré de ses envies sans se soucier des règles transalpines. *Adesso basta, lascia stare il mio accento !*

Samuel n'a jamais connu que lui. Son grand-père a tiré sa révérence à quarante-sept ans, victime d'un infarctus, il n'en garde pas vraiment de souvenir vivant, juste quelques clichés. Andrea est pour lui un merveilleux parent de substitution, vif, badin, imprévisible, poète. Avec son immuable pull rayé qui lui donne l'air d'un vieux loup de mer, ses cheveux taillés à la hache parcourus de rares fils d'argent malgré ses soixante-dix ans, ce long italien au nez busqué n'a pas dû beaucoup ferrailler pour gagner le cœur de Marie. Sa grand-mère botte en touche quand Samuel la questionne, par pudeur sans doute. Elle le présente aux autres comme son ami, un mot ambigu et désuet. Chacun sa maison mais toujours ensemble. Un couple étrange qui ne dit pas son nom. Ils se connaissent par cœur, s'opposent et se complètent, s'anticipent. Il l'embrasse toujours sur le front, la couvre de « piccola », elle laisse dériver tendrement ses mains sur ses joues râpeuses comme un bateau glisserait sur une eau familière et ne le nomme jamais autrement qu'Andrea.

Samuel soulève le couvercle de la marmite en fonte.

— Quel parfum ! Tu as ajouté des cèpes !

— Oui, des cèpes réhydratés avec leur jus filtré, comme tu m'as conseillé.

— Tu as singé ta joue de bœuf ?

— Certo ! Tu m'as pris pour un jaune ? Tu oublies que l'Emilie-Romagne est le ventre de l'Italie !

— J'aurais bien du mal à l'oublier. Tu me le répètes sans arrêt. L'Emilie-Romagne est le ventre de l'Italie, l'Emilie-Romagne est le ventre de l'Italie. Et on ne dit pas « tu m'as pris pour un jaune » mais « tu m'as pris pour un bleu ».

Andrea le regarde d'un air moqueur. Il est tombé amoureux de la France et de sa langue en y posant ses valises. Après des décennies à boire du vin de Provence, à rompre du pain français, il pirouette, faussement naïf, malicieux, aussi gourmand de bons mots que de chanterelles, lactaires et bolets dénichés dans les sous-bois.

Samuel évente la vapeur chaude qui s'échappe de la marmite, hume les effluves délicats de la sauce. Céleri, oignon, carotte, ail, thym, laurier, tomate concassée, fonds brun, cèpes et joue de bœuf... il la remue machinalement, jette en pluie quelques feuilles ciselées de basilic. Encore deux bonnes heures et la viande, fondante, pourra être émiettée. Derrière la cocotte, la sauce béchamel est déjà prête. Le laminoir fixé au plan de travail. Il a eu raison de s'inviter à dîner.

— Tu veux que je passe la pâte ?

— Con piacere. Je te prépare les pâtons. Mais avant, va aider ta grand-mère. Elle est au potager.

Après la véranda, le plastique arc-en-ciel du rideau de porte, cuit par le règne sans concession du soleil, le linge qui jerke sur les longs fils d'étendage. Deux poteaux de chair fichés dans des bottes vertes en caoutchouc, des varicosités qui les colonisent comme des tiges de haricots, robe tablier d'un autre temps, la silhouette ronde de sa grand-mère s'affaire au loin dans un carré.

— Tu ne t'arrêtes jamais... Je t'aide mamie ?

— Bonjour mon chéri, volontiers. Je suis en train de préparer la terre. Elle est vraiment compacte, elle colle aux bottes.

— Je vais prendre le relais.

— Après, j'aurais besoin de toi pour étourdir un lapin, tu n'as jamais la main qui tremble.

— Oui, chef !

Samuel remonte ses manches, commence à aérer la terre avec la grelinette. Ce potager rectangulaire, c'est son premier terrain de jeux, sans les cages. À six ans, un éden grouillant de vie, luxuriant, aussi enivrant qu'un voyage. Les courges musquées, des ballons, les arbouses, des billes. Bras et jambes en étoile, paumes à plat, ventre à l'air. À quatre pattes, en marinière, lunettes grenadine juchées sur son minuscule nez rond, absorbé par le ballet des lombrics, les intestins de la terre. Sur sa peau, les rayons verticaux du soleil, flamboyants. Le nom des fruits et des légumes comme autant de délicieux grains d'anis fondants sur la langue : melon, figue, olive, poivron, piment, aubergine, thym, romarin, serpolet, sauge. À partir de huit ans, la transmutation de l'eau en or. Rare, précieuse, capricieuse, miraculeuse, une idole crainte qu'il faut porter révérencieusement à bout de bras depuis le récupérateur d'eau de pluie pour en comprendre l'inestimable valeur. À dix ans, le jardin encyclopédie. Entre les planches de bois qui longent les allées, comme des edelweiss pris dans les pages d'un livre, les verbes de la terre : biner, sarcler, amender, ameublir, drainer, butter, semer. Samuel apprend l'adaptation nécessaire à la nature des sols, le substrat commande, toujours. Le mistral qui dessèche les cultures, la sécheresse, la violence des épisodes orageux. Le soleil qui assoit sa domination, caresse, réchauffe, mûrit, veloute le végétal mais assoiffe, brûle et ride avec la même facilité. À douze ans, le rite de passage, la binette gravée à son nom, pour sceller le lien.

Quand tous les éléments se combinent, l'exaltation des sens, la connaissance de ce qui pousse, du comment et du quand, les gestes ancrés dans le corps, incrustés de manière inconsciente, Samuel appartient complètement à la terre. Il souffle ses quinze bougies sur un dôme en chocolat, porte un appareil dentaire, il a la génétique de sa mère, et rêve d'entrer au service d'un chef. Il sait faire sortir un poivron de terre, distingue le vert, frais, croquant, légèrement amer, du rouge plus sucré et fruité. Il le fait snacker, braiser, mariner, il le pèle ou le farcit et a déjà l'intuition qu'il pourrait être marié à la framboise, au citron ou au chocolat. Depuis près de huit ans, il apprend sans relâche, avec l'ambition d'arborer un jour une veste à col bleu blanc rouge. Le Graal tient en trois lettres : MOF.

Andrea vient de poser le plat fumant de lasagnes sur la table. La pâte, dorée et généreusement couverte de parmesan râpé, ondule. Elle ressemble à un îlot brûlant et volcanique convoité par trois boucaniers. Samuel brise le silence gourmand qui entoure le plat en faisant tinter le verre du plat de son couteau :

— Mamie, Andrea, il n'y aura pas de meilleur moment. Je suis venu vous annoncer une nouvelle importante : j'ai demandé à Camille de m'épouser. Et je crois bien qu'elle a dit oui !

(Juillet 2015, jour de noces)

Au loin, les tuiles rousses des toits, les vignes écrasées de soleil qui forment une mer rainurée. En contre-bas, les arceaux pourpres de lavandes, troués de quelques oliviers. Le rideau sonore étourdissant des cigales. La nature est tendue comme un brûlant lit de noces. Un tintement de cloche retentit, déjà treize heures. Dans la chambre, Samuel attache ses boutons de manchette, ajuste le nœud de la lavallière sur le col cassé de sa chemise, endosse la veste cintrée de son costume bleu pétrole. Il lisse ses cheveux gominés, brosse sa barbe rase. Tout doit être parfait. Dernier sourire concentré dans le miroir pour vérifier que les dents sont irréprochables. « Mike Brandt, en mieux » murmurera bientôt sa grand-mère, les yeux brillants de fierté et d'émotion, en laissant dériver ses doigts sur sa joue. Ce compliment, il l'entend souvent, comme une ritournelle particulière, depuis son adolescence. Un jeu entre eux, un trait d'union avec le passé.

À vingt-trois ans, il est prêt pour le grand saut, orgueilleux de ce premier triomphe : dans moins d'une heure, Camille se tiendra à ses côtés, aussi émue que lui. Le temps d'un oui, il n'y aura plus qu'eux, fichés chacun dans le cœur de l'autre, en apnée. Le temps d'une vie, se promettre de s'aimer coûte que coûte, de faire de leur couple un refuge contre la rugosité du monde, de revenir à l'autre, fierté ravalée après chaque dispute. Se promettre la victoire sur l'ennui, assistance et écoute, se jurer des rires qui déminent les doutes, un désir renouvelé, malgré le temps qui passe et les effets inexorables de la gravité. Se dépêcher d'aimer, s'aimer à en crever, mieux que les autres. Parce qu'eux deux ne ressemblent à aucun couple et que rien ne peut les abîmer. S'engager aujourd'hui, devant tous ceux qui comptent, à ne pas mentir ni s'égarer ailleurs. « Si jamais Camille ne change pas d'avis bien sûr » s'amuse-t-il pour tempérer son émotion.

Un coup bref et puissant retentit à la porte, un visage ami apparaît dans l'embrasure. Paul, son chef, vêtu d'un costume en lin verveine.

— Alors mon grand, tu as le trac ? Tu devrais, je viens d'apercevoir la mariée. Elle est juste… sublime. Tu risques de trébucher sur ta langue.

En salopette ou robe lamée, vêtue d'un simple drap, Camille est toujours sublime, un adjectif qui lui colle à la peau. Samuel sourit, rengorgé. « Mon grand », c'est le surnom affectueux que Paul lui donne en cuisine depuis le jour où il a proposé de mettre à la carte des desserts « le Camille », un biscuit aux amandes surmonté d'une mousse à la violette, d'un insert à la myrtille et d'un crémeux à la vanille piqué de fleurs séchées. Le chef, habituellement critique, n'a pas dit un mot à la dégustation. Il s'est contenté de le regarder avec la même fierté qu'un père.

Savouré jusqu'à la dernière miette, le gâteau a été ajouté à la carte des desserts le soir-même. Un adoubement tacite. Samuel est entré en grâce, systématiquement associé à l'élaboration des plats pour le renouvellement de la carte. Paul l'a pris sous sa protection, lui transmet avec rigueur et passion son savoir-faire comme un homme prépare sa succession. C'est naturellement que Samuel a pensé à lui pour devenir son témoin.

— Mort de trac oui ! Impatient. Survolté... et moite.

Paul et Samuel éclatent de rire. Le futur marié se retrouve dans les bras puissants de son chef, le dos martelé de généreuses claques, à quelques centimètres du sol.

Il n'aurait jamais imaginé se marier à vingt-trois ans. Les filles, ce n'était pas vraiment sa priorité, plutôt une sucrerie après les coups de feu en cuisine, pour faire retomber l'adrénaline. Jambes de poupées juchées sur des talons hauts, petits culs bombés moulés dans des jeans taille S, toutes aussi appétissantes que des mûres, toutes narcissiques et stéréotypées : la faune des boites de nuit. Samuel se remémore l'alcool qui rend tout facile, les corps désinhibés et festifs. Les cuisses qui s'ouvrent trop vite, les éjaculations moroses. Coups d'un soir sans intérêt suivis d'un immanquable sentiment de gêne au petit matin. Le bol de café fumant, pas de sérum de vérité plus efficace. Camille, c'est tout le contraire de ces filles. Un souffle, une bourrasque. Les portes qui claquent, le sexe à en perdre haleine, les kilomètres avalés sans fatigue, un bon coup de fourchette. Aucune coquetterie inutile. Le présent habité sans fard. Des émerveillements et des coups de sang qui ne se tarissent jamais. Elle ne ressemble à personne, ne s'embarrasse pas des filtres ni des codes. D'ailleurs, Camille n'est pas « entrée dans sa vie », ça, elle le laisse aux autres, aux policées, aux enfants sages. Elle n'est pas entrée dans sa vie non, elle l'a retournée, s'en est emparée, l'a mise sens dessus dessous.

En cuisine, Samuel a toujours appris à partager l'espace avec une brigade, à réduire et ajuster ses gestes alors après le service, il aime plus que tout se perdre dans les reliefs immenses de la Sainte-Baume. Dans cette forêt, il peut respirer en grand, admirer les hêtres, les chênes et les pins qui perforent le ciel, étendre son regard à perte de vue. Depuis l'échine calcaire du pic de Bertagne, la vallée, la masse ronde du Garlaban, la mer Méditerranée et les Alpes s'offrent dans une même et large brassée. Ses mots d'insecte, amplifiés par le porte-voix de ses mains, ricochent, coulent dans les sentes, sondent l'espace de la vallée. Soulevés par le vent, sans aucune limite, ils roulent comme dans la gorge d'un géant et disent toute sa puissance. Le monde lui appartient, il n'a plus besoin de le partager, de réduire et d'ajuster ses gestes.

C'est là qu'ils se sont rencontrés. Sur le massif, dans une clue étroite, un jour d'automne. Le ciel, métallique, ternissait la lumière des sous-bois. Il n'avait croisé personne depuis plus d'une heure quand la présence proche d'un animal l'avait alerté. Il avait tout de suite pensé à un sanglier, s'était armé instinctivement d'un bois mort en espérant que la bête passe son chemin. Il avait retenu son souffle, le ventre vrillé : l'orientation du vent pouvait lui être défavorable, on ne déjoue pas l'odorat d'un animal sauvage. Le sanglier avait malheureusement décidé de poursuivre dans sa direction. En quelques secondes, il avait surgi d'un amas sombre de fourrés flanqués d'épines. Contre toute attente, vêtu de vert, les cheveux tirés en chignon, une hache marteau à la main... Camille avait crié, de surprise puis de colère : il fallait être un imbécile pour ne pas se signaler en forêt. Il aurait pu se retrouver fendu comme une bûche. Il n'avait donc rien dans la tête ? Et pourquoi la fixait-il ainsi ? Il n'avait jamais vu de fille ? Quelle buse ! Il avait ri, amusé et soulagé de sa méprise : cette rugissante Artémis faisait moins mal que des défenses. Il s'était excusé, l'avait suivie dans le sous-bois, fasciné. Le cœur déjà écrasé sous son talon. Elle avait dû remarquer l'effet qu'elle produisait sur lui, avait rapidement arrêté de le traiter d'idiot pour partager avec lui sa forêt.

— Tu vois ? Cinq, six centimètres de diamètre, irrégulières, sombres. Il est passé par là ton sanglier.

— ...

Plus loin. Dans une zone humide.

— Bon, là, c'est facile. Petites, ovales et brunes.

— Un lièvre ?

— Tu marques un point.

Après une heure, les joues cramoisies par l'effort de la pente.

— Tu as beaucoup de chance.

— Je trouve aussi.

— Longues et bien noires. Une genette est passée par ici, c'est rare. Peut-être nous observe-t-elle.

Irrésistible. Il l'avait donc invitée le soir-même au restaurant et elle s'était laissé convaincre. Après le service, ils s'étaient retrouvés tous les deux attablés, indifférents au monde comme deux corps qui se laissent flotter dans un bain chaud. Il lui avait parlé avec passion de lapin au genièvre, de sardines aux pignons, de cardes aux anchois et de tourtes de blettes sucrées. Elle lui avait conté pendant des heures l'exceptionnel écosystème de sa forêt, à la fois méditerranéen et alpestre. Ses chênes pubescents et ses pins sylvestres sur la partie basse du massif, son étonnante hêtraie, ses ifs et ses érables sur les hauteurs. La magie de la nuit avait fait le reste et couvert leurs premières complicités.

Depuis ce jour, pas un réveil sans les yeux jade de Camille. À chaque instant, ses virgules creusées dans les joues, ses interminables jambes. Tous les matins, sa combinaison d'homme quand elle part travailler, ses jurons à l'encontre des braconniers. Tous les jours, son rire aussi puissant qu'un coup de batte, ses mains bronzées, couvertes d'égratignures qui tranchent avec ses hanches et ses seins de lait. Dans chaque pièce, sa présence.

Camille porte sur elle l'odeur des saisons, des champignons, de la mousse, du thym et des genévriers. Elle revient à la maison les cheveux couverts de pollens ou de débris de feuilles, les ongles terreux. Elle siffle comme un oiseau, ramène des feuilles d'arbres sous ses semelles. Elle ne craint rien excepté le gel, la connerie humaine et les incendies. Elle est libre, riche d'amis parfois centenaires, presque aussi sauvage qu'un chevreuil.

Alors, évidemment qu'il a le trac.

(Octobre 2015, le cerf)

Il y avait l'embarras du choix sur la table. Elles faisaient toutes rêver. À l'intérieur de chaque brochure, camaïeux de turquoise, aigue-marine, bleu profond, céruléen, azur. Ciel, mers, lagons, atolls. Terres fauves, ocre rouge, brunes, sable. Du fantasme sur papier glacé. Faune exotique, flore exubérante, délicieusement étrangère, points de chute cinq étoiles où savourer des caïpirinha, colliers de fleurs autour du cou. Destinations au bout du monde, Ouest américain, Bahamas, Kenya, île Maurice, Polynésie, Thaïlande, qui se concurrençaient aussi férocement que des reines de beauté. Il pensait la surprendre et c'est elle qui lui avait cloué le bec.
— Tronçais.
— Pardon ?
— Tu me demandes où je rêve d'aller pour notre voyage de noces ? Je te réponds. La forêt de Tronçais, voilà ce qui me ferait vraiment plaisir.

Elle lui avait répondu de but en blanc, en refermant méthodiquement l'éventail des brochures et en lui demandant de tout ramener à l'agence de voyages le jour même. Tout ce papier, quel gâchis ! Elle avait soupesé le tas, l'avait estimé à près d'un kilo. Tu te rends compte qu'il faut sacrifier dix-sept arbres pour produire une tonne de papier. Dix-sept ! J'espère que la pâte a été fabriquée de manière responsable au moins, avec des copeaux ou de la sciure. Elle s'était lancée dans une digression militante et bavarde, comme souvent quand on touchait aux arbres. Toutes ces publicités, des cimetières. Et elle égrenait son chapelet, lambeaux d'épicéas, de pins, de sapins, de hêtres, de bouleaux, peupliers, eucalyptus… Un massacre vert dont personne ne s'émouvait, pour vendre du vent, des caprices, pousser à consommer davantage. Elle avait fini par s'interrompre, en jetant un œil amusé sur lui. Il devait faire une drôle de tête, celle d'un brave type qui, par effet papillon, se découvre coupable de déforestation massive, parce qu'elle avait ri devant sa mine défaite. Son rire franc et explosif était toujours un cadeau qui en annonçait d'autres, plus charnels. Il signifiait aussi qu'elle ne lui en voulait pas.

— On peut opter pour Vizzavona si tu préfères, ou la forêt d'Iraty, au Pays Basque. Je ne suis pas fermée. Je n'en connais aucune et elles m'ont toujours fait rêver… Tu as l'air dépité… Tu voulais peut-être m'emmener en Brocéliande ?

— Non !

— Tu ne voulais tout de même pas que je te passe du monoï dans le dos ? Ou que je t'hypnotise en dansant le tamouré ?

Son rire avait redoublé, comme s'il n'y avait rien de plus cocasse et incongru qu'un paradis de sable blanc pour fêter leur amour. Tronçais. Un nom pareil ne pouvait être que français. Une forêt, bien sûr, pourquoi n'y avait-il pas pensé ?

— Pas le moins du monde ! J'y songeais aussi. C'était même mon premier choix figure-toi.

— Bien sûr ! La forêt de Tronçais qui comme tu le sais se trouve dans le département de…

Elle le tançait, amusée et cruelle.

— J'ai un trou, c'est ballot.

— Oui, très. Département de l'Allier, mon petit mari.

Elle s'était jetée sur lui, pour finir de le convaincre qu'aucune destination ne pouvait surclasser cette forêt domaniale pour un voyage de noces. Il n'avait pas besoin d'arguments. Il était déjà convaincu, par elle. Sa terre magique. Il lui avait tout de même suggéré d'emporter sa jupe en fibres et ses noix de coco, pour tester sa résistance à l'hypnose. Il avait obtenu qu'ils ne dorment pas dans des refuges.

C'est comme ça qu'ils se sont retrouvés là, accroupis, derrière ces arbustes. Dans une lumière de crépuscule, face au vent. Portable en mode avion pour déposer leur humanité et ses pollutions à la porte de ce merveilleux sanctuaire. L'air sous la canopée se rafraîchit doucement, les ombres s'adoucissent, recouvrent la végétation. Ils attendent. Elle lui fait signe de se taire pour la troisième fois alors qu'aucun son ne sort de leur bouche depuis de longues minutes. Il se retient presque de respirer. Camille est belle à se damner, derrière ses jumelles. Ils pourraient basculer, se laisser glisser doucement sur le tapis de feuilles, il pourrait lui faire l'amour tout de suite dans le bruissement léger des branches, dans ce silence presque mystique qui les entoure, il en brûle d'envie mais il ne s'y risquera pas. Elle a un autre projet, plus excitant. Elle fixe un point, le cou tendu, sa tête dissimulée dans la masse de végétation. Elle ressemble à une lionne à l'affût. Il aimerait se lever : de petites fourmis dansent dans ses mollets, sous la plante des pieds, toujours plus nombreuses. Camille est certaine d'avoir aperçu un cerf. Depuis, ils sont tapis dans ce coin de forêt mangé doucement par les ombres et deviennent feuilles, ronces et vent.

Soudain, la bouche de Camille s'étire, victorieuse. Pouce en l'air, elle l'a trouvé. Elle se tasse encore un peu, devient invisible et pointe très lentement son index dans la direction du Sud. Samuel ajuste sa paire de jumelles, aussi lentement que possible, pour ne pas effaroucher l'animal. Grossissement douze, coudes en appui sur les genoux, pour ne pas trembler. Les fourmis ont disparu. Il cherche dans la masse des branches, découvre le cerf, à moins de cent mètres. Il est en train de manger quelques feuilles, s'étire pour glaner de nouvelles pousses. Samuel n'a jamais vu animal plus majestueux ni massif, il doit peser près de deux cent kilos. Sa tête est couronnée d'une ample ramure de bois lourds, symétriques et sombres. Peut-être seize cors. Son poitrail épais, brun gris, se fond à la couleur des arbres qui l'entourent. Crinière longue et fournie, large encolure, port altier de seigneur. Des boues sèches collent à l'ensemble du pelage, il a dû se rouler dans une souille. Le cerf donne quelques coups de bois sur les arbres, arrache les écorces, gratte le sol de ses sabots. Ses longues oreilles effilées bougent sans cesse pour capter chaque écho de la forêt. Il effleure les arbres. Une caresse du bout des yeux.

— Regarde, il marque son territoire en déposant les sécrétions de ses larmiers. On a une chance folle de voir ça !

Elle n'a fait que chuchoter mais le cerf s'est redressé, se tourne vers eux pour leur faire face, les oreilles pointées en avant. Il sent intuitivement leur présence, se fige, pour les repérer à son tour. S'il les trouve, il prendra immédiatement la fuite ou se montrera agressif, à cause du rut, alors ils se recroquevillent, se drapent d'ombres et deviennent des pierres, ralentissent le rythme de leur respiration. Dans le disque de ses verres, Samuel contemple le cou fuselé, la belle tête triangulaire, le regard luisant et humide qui interroge la forêt. Le cerf reste immobile quelques secondes, le cou tendu. Son regard s'enfonce, plonge vers le sol, sonde patiemment la masse dans laquelle ils se dérobent mais il ne les voit pas. Il s'approche de quelques mètres, darde sur eux ses yeux noirs en amande pour les forcer à se démasquer. Mais il n'y a pas d'intrus, seulement le bruissement des feuilles sous le vent, le craquement des branches, l'air qui circule dans le ventre sombre de la forêt. Les chants des sittelles reprennent, Samuel entend même le jasement éraillé d'un geai un peu plus loin. Si ce lanceur d'alerte jacasse, il n'y a rien à craindre, surtout pas la présence abhorrée des hommes. Le cerf aussi l'a entendu car il reprend ses frottis de plus belle, sans plus se soucier d'eux. Les troncs, sous l'assaut de ses bois, s'éliment comme des étoffes. Après quelques minutes, l'animal arrête de charger nerveusement les arbres, hume l'air, longuement. Ses oreilles se rabattent, son cou se dresse vers les cimes et il brame. Un cri puissant et rauque, caverneux, qui ressemble à un rugissement et déchire le silence. Il a dû sentir l'odeur d'une biche ou la présence d'un rival. Dans la lumière sombre, son museau s'auréole d'un halo de vapeur blanche, le cerf n'est plus qu'une silhouette de théâtre d'ombres qui exhale des nuages. Il disparaît juste après, en remontant la coulée dans la direction du vent.

— Magique !

— Oui, c'était magnifique !

Camille et Samuel s'embrassent, étouffent leurs rires. Deux mômes éblouis. Ils rient d'avoir partagé ce secret trop beau pour des hommes, de cette beauté saisie, impressionnante et fugace. Ils rient de leur malice, d'avoir été des arbres, des ombres. Comme si ce geste suivait naturellement, Camille dispose sa veste matelassée sur le sol, s'étend dessus et enserre le bassin de Samuel dans l'étau de ses jambes. Ses yeux brillent de désir. Elle veut qu'il lui fasse un bébé. Là, maintenant.

(Septembre 2016, la Pourpre)

C'est ce qui l'a immédiatement séduit le jour où il est venu visiter le restaurant, cette couleur éclatante dès l'entrée, les rais qui transpercent la pièce et la cloutent de soleil, la double exposition, comme un carré de jardin baigné d'or entre les murs. Il sourit. Samuel est un chef du Sud, il a toujours aimé la lumière, il cuisine mieux avec elle. Elle révèle les détails, la composition, les jeux de transparence. La couleur, le contraste et la texture. La chlorophylle d'un jus d'herbes, la brillance d'une bille de citron caviar, la nacre d'une coquille Saint-Jacques… Tout importe dans un plat, jusqu'au moindre brin d'herbe. Petites erreurs à corriger avant d'envoyer en salle. Dernier coup de liteau pour effacer une coulure ou une empreinte de doigt. Une assiette dressée soigneusement, sublimée par la lumière, charme l'œil pour éveiller le palais. Un flirt habile qui fait baisser la garde et convoque les sens.

Samuel estime la capacité à cinquante couverts en salle, s'il se débrouille bien. Il laissera peu d'espace entre les tables, dans un esprit bistronomique chaleureux, avec des banquettes en cuir cigare sur la longueur, des chaises confortables en bois courbé, des tables bien nappées. Vingt couverts dans le patio en optimisant l'espace. Toute la décoration est à refaire, le restaurateur à qui il a racheté le fonds de commerce n'a touché à rien depuis plus de trente ans. Tant mieux, Samuel préfère travailler dans des murs qui lui ressemblent. L'établissement possède déjà beaucoup d'atouts. Son emplacement dans un quartier animé, pas de concurrence directe. La lumière bien sûr, le comptoir en bois et marbre à l'entrée, la cuisine spacieuse, bien agencée, les deux estrades dans la salle qui offrent des espaces douillets et intimes, comme des loges de théâtre. Surtout le patio, avec son figuier au centre. Un arbre magnifique, aux feuilles de cuir ciré, aussi larges que des mains de géant. Cet arbre planté là, à l'odeur verte, crémeuse et boisée, aux fruits pourprés gorgés de miel, n'est pas une coïncidence. Tartare de figues, menthe, combava, citron vert, condiment au citron noir. Figue rôtie aux épices, baklava, yaourt grec. Tiramisu aux figues, biscuit Amaretti, mascarpone et feuille de basilic. Saint-honoré figues shiso. Un arbre à desserts. Une muse, sans compter l'ombre en été. Ce restaurant l'attendait. Il pourrait aussi bien travailler la feuille, pour aromatiser un court-bouillon, la faire infuser dans une sauce. Utiliser son jus comme présure pour le caillage du lait ou parfumer simplement la chair marinée d'un poisson en papillote. Il note. Faire rapidement des essais, chercher un fournisseur. Pour les figues violettes, ça ne peut être qu'à Solliès-Pont.

Il entend une voiture au fond de l'impasse, une porte claque. Sifflement puissant et impérieux, Camille. En salopette, radieuse, deux crayons plantés en croix dans son chignon.

— Alors, on décharge ou on se casse ?

— On décharge !

Dans le coffre, des pots de peinture, des bâches, des éponges, des rouleaux, des perches, des pinceaux.

— Il ne manque rien ? Je vais avoir du mal à vous nourrir avec ça !

— Le reste est à l'avant ! Mais avant de nous régaler, il va falloir que tu te retrousses les manches comme tout le monde mon chéri.

Il attrape un pinceau coudé.

— Il a eu un accident celui-ci ? Tu as eu un rabais ?

— Un pinceau pour radiateur, monsieur Bricolage ! Les copains ne vont plus tarder. On s'y met ?

Au même moment, un utilitaire s'engage dans l'impasse, s'immobilise derrière eux. Coups de klaxons tonitruants, malgré l'heure matinale. À l'intérieur, Paul et Tarik, un des commis de son ancienne brigade.

— Salut, chef ! Tu nous montres ton paradis ?

— Et comment ! Merci d'être venus sur votre jour de repos, ça me touche énormément. Vous allez voir qu'il y a de quoi faire du bon boulot ici ! Si tu veux travailler comme second Paul, c'est volontiers. Tu auras moins de soucis, c'est mieux pour ta tension. Tarik, je te débauche quand tu veux.

Bien tenté. Paul coince la tête de Samuel sous son bras et frotte vigoureusement son cuir chevelu avec le poing pour l'avertir. Pas question de courtiser Tarik.

— Tu as réfléchi au nom ?

— Oui. J'aime bien La pourpre. Vous allez comprendre pourquoi.

Ils entrent dans le restaurant, le remodèlent, le repeignent d'un seul jet, couleur safran, lui préfèrent finalement un vert lichen ou olive. Ils décrochent les tableaux, suspendent des luminaires, végétalisent un mur entier, remplacent les mauvaises herbes du patio par des plantes aromatiques. Ils griffonnent, brouillonnent, biffent, recommencent. La salle se métamorphose. Samuel dirige le chantier imaginaire, ses idées se projettent, intarissables, effusives, parfois contradictoires. Il ne sait pas toujours, en tout cas il veut tout. Paul l'appelle chef. Avec respect. Ils sont de rang égal désormais. Dans leur philosophie du métier, ils se ressemblent. Ils ont choisi tous les deux d'être leur propre patron. Une énorme responsabilité mais l'adrénaline et le luxe de décider seuls de la carte, des produits, des fournisseurs, du respect de la saisonnalité, du bien-être animal, de l'environnement. Pour mettre du bonheur, de l'émotion dans l'assiette bien sûr, se réinventer librement, partager aussi une réflexion, transmettre leur vision du bien manger. Il ne peut pas cuisiner des produits dont il n'est pas tombé amoureux. Quand Samuel a évoqué son envie de s'installer à son compte, c'était encore très flou. Peut-être trop tôt ou trop risqué. Pas pour Paul, fier et déjà dépassé par son protégé. Il espérait bien ne plus l'avoir longtemps dans les jambes ! Une manière pudique de lui signifier qu'il ne pouvait plus l'aider. Il lui avait appris tout ce qu'il savait, Samuel avait toujours plus de questions, d'appétence, de libertés. Un ogre passionné, avec plus de technicité. Il devait partir, prendre des claques et continuer à grandir.

Le jour est en train de décliner, la lumière se réchauffe d'ambre, vire lentement au caramel. Un beau caramel blond qui endort le restaurant dans des teintes sépia. Aujourd'hui, ils ont amené le mobilier abîmé à la déchèterie, les tables et les chaises correctes à Emmaüs. Ils ont chargé la fourgonnette de vieille vaisselle, de plantes en plastique, de tableaux poisseux. Ils ont doucement balayé la vie d'avant. La salle est nue, pleine de promesses malgré les traces de cadres jaunies. Samuel sourit derrière le piano de cuisson, il est heureux. Son plat finit de mijoter. Il verse progressivement le bouillon de volaille chaud sur le riz. Il entend les rires, le tintement des verres, une bouteille qu'on débouche. Camille a trouvé de grosses bougies tout à l'heure qu'elle a plantées dans les carrés de terre, le long des murs. Depuis les immeubles qui les entourent, le patio doit ressembler à une nuée de lucioles. Quelques fenêtres s'éclairent déjà, le ciel continue de s'assombrir, il ne sera bientôt plus qu'une grande toile percée de soleils rectangulaires. Une complainte de fado s'échappe de l'une de ces trouées.

— Mmmm, ça sent rudement bon ! Qu'est-ce que tu prépares ?

— Simple et efficace, un risotto aux girolles. Vous avez ouvert le Chablis ? Il est à bonne température ?

Elle lui tend un verre. Ils trinquent.

— Belle minéralité. Beaucoup de finesse. On sent bien les notes de sous-bois, tu ne trouves pas ?

En guise de réponse, il sent les seins lourds de Camille se presser dans son dos, ses mains caressantes sous le tablier. Ses jambes se réchauffent.

— Ta recette, chef. Et reste concentré s'il te plaît.

— Ça risque d'être difficile. Alors pour la recette, tu fais suer tes girolles dans un peu d'huile d'olive à feu vif, une minute. Tu les égouttes, tu jettes l'eau. Ensuite, tu fais fondre un peu de beurre dans la poêle, tu remets tes girolles et tu les colores deux ou trois minutes, après quoi tu ajoutes une gousse d'ail confit écrasé, un demi-citron confit taillé en julienne, du persil ciselé et une poignée d'amandes…

Il sent la langue de Camille dans son cou. Un serpent humide et chaud. Il a déjà perdu la partie.

(Mai 2017, mon chêne)

Ils remontent un sentier étroit et raide, une veinule dans la forêt. C'est d'ailleurs davantage une coulée, sans marques distinctes au sol, hormis quelques dépressions légères dans les herbes et les tapis de feuilles. Ils ne croiseront personne, ils ont quitté les routes balisées depuis plus d'une heure, n'appartiennent plus au monde des hommes. Ils s'enfoncent davantage, deux insectes négligeables sur un mamelon vert. Ils grimpent, grimpent encore. Sans les fesses somptueuses de sa femme dans son champ de vision, il les penserait perdus. La forêt est la deuxième maison de Camille, elle en connaît tous les recoins, les murmures et lui a promis un spectacle grandiose. Alors elle continue de les perdre à bonne allure et il la suit, fébrile. Au sommet, le ciel attend de les récompenser.

Elle lui a dit, je t'emmène respirer. Je t'emmène sur mon perchoir, un balcon de verdure qui s'ouvre dans le ciel. Mon refuge. Mon secret. Elle lui a dit, les secrets ne se partagent pas, sauf si on aime très fort. Toi, je t'ai dans la peau. Tu es mon plus grand voyage. Mon mâle. Mon oxygène. La sève, l'aubier, l'écorce. Mon chêne. Nous n'aurons pas assez de cent cernes pour nous aimer, alors je veux partager avec toi mes secrets. Tous mes mots bleus et mes édens verts. Le secret de mes soupirs, de mes râles, de mon corps en nage et de mes explosions. Mes odeurs de sueur et de désir, de cuir, de fruit mûr et de mousse. Mes obsessions, mes coups de sang, mes rires et le sel de mes larmes. Ma chaleur, le brouillon froissé de nos draps, nos insomnies brûlantes. Le poudroiement de l'air comme seul vêtement. Je te dirai mes joies, mes doutes, toutes mes peines, je serai chaque ride de tes mains, de ton visage et tu ne seras jamais rassasié de moi. Je m'imprimerai partout, filerai droit dans tes rêves. Je serai la raison de tes colères, de ton impatience et de tes éblouissements, je fendrai ton cœur comme une bûche, je le ferai brûler. Je te terrasserai. Mais je t'aime et t'aimerai dru comme une averse, fort comme le mistral. Chaud, sucré et doux. Aussi longtemps que mon corps me portera, plus loin encore. Mes branches ne seront jamais sèches de toi. Je serai ta douleur mais aussi tous tes baumes. La propolis sur chacune de tes plaies. Tes plus belles années, tes plus beaux souvenirs. Ton souffle court, ton bonheur animal. L'argile où te fondre. Ta sœur, ton amante, ta confidente, le premier berceau de tes enfants.

Elle lui a dit tout ça, contenu dans un seul baiser.

(Août 2108, fantasme culinaire)

J'aimerais te manger, elle lui répond chiche. Il la déshabille et elle se laisse effeuiller en riant, les yeux incandescents, racoleuse. Le cou hâlé, le vallon laiteux des seins, le ventre, le sexe, les cuisses comme les mâts solides d'un navire. Elle n'a plus rien. Sous ses pieds, une flaque de tissus légers. Il la caresse du bout des doigts, l'effleure à peine. Peut-être qu'il écrit sur sa peau, tu es mienne. Il la porte, l'étend sur le grand plateau en chêne, un coussin sous la nuque, pour la déguster dans son élément naturel, adossée à un arbre. Elle rit et elle attend. Immobile, nue, blanche au milieu des veines sombres du bois, elle est une idole offerte sur un totem. Une Vénus de la fécondité. La table est froide ou elle est émue car son corps entier se tend et se hérisse. Un duvet qui a la couleur de la lumière. Elle devient un fruit juteux et velouté. Un arbre à lait à l'odeur animale. Dans la cuisine, Samuel achève de préparer le plat. Elle ferme les yeux, écoute la musique des ustensiles.

Elle a déjà faim, elle ondule, mais aujourd'hui c'est elle qui est mangée alors elle ne peut rien demander, pas même bouger, ce qui l'excite davantage. Ses mamelons sont durs, de petites tours carrées. Entre ses cuisses, une chaleur diffuse. Elle l'entend revenir de la cuisine, reconnaît l'odeur des poivrons, du thym et du paprika fumé. Samuel goûte le plat du bout des lèvres, pour s'assurer de la bonne température. Elle n'entend rien d'autre que le lapement discret de sa langue sur la cuiller. Il ne lui dit rien, l'observe, savoure sa reddition. Ça la rend folle de désir. Elle se sent belle, elle brûle.

Il commence. Étale une matière crémeuse et chaude sur le renflement de ses seins. L'odeur ressemble à celle du maïs. Elle ouvre les yeux, étouffe un rire. Il lui fait signe de se taire, elle obéit. Avec le plat de la cuiller, il caresse les côtes, le creux de la taille. Il lui explique qu'il a toujours dégusté la polenta directement sur la table, comme le font les paysans italiens. Aujourd'hui, elle est la table et le plat. Le contenant et le contenu. Son tout. Elle s'électrise. Il dépose aussi la bouillie de maïs sur le duvet du ventre. Une ligne soyeuse de symétrie qui court jusqu'au pubis. Tartine l'intérieur des cuisses. Ajoute les légumes. Elle n'est plus que désir. Urgence.

Il savoure son tourment. Réduit la vitesse de chaque geste. Dénoue son tablier. Déboutonne sa chemise. Fait glisser le cuir de sa ceinture. Ralentit encore davantage. Ouvre une bouteille. Camille entend le glougloutement du vin, les pas de son homme, sent enfin le frôlement froid du verre sur les seins, les mains puissantes de Samuel sur ses hanches. Ses lèvres.

Le banquet peut commencer.

(Mai 2019, coup de feu)

Midi quarante, la salle du restaurant est comble, un gigantesque ventre déboutonné. Chacun se laisse glisser avec délice sans s'inquiéter de sa montre, le temps est suspendu, cotonneux. Régulièrement, la porte s'ouvre, presse de nouveaux corps contre le comptoir, alléchés par les parfums suaves de la cuisine, les recommandations prestigieuses du Gault et Millau, du Michelin, du Collège culinaire de France. Elle les recrache aussitôt dans la rue comme des noyaux de cerises. Désolé, nous sommes complets... avec plaisir. Pensez à téléphoner, à très bientôt. Les tables rient, vibrent, rêvent, déroulent leurs histoires, indifférentes aux autres, chuchotent des secrets absolus qui fileront irrésistiblement, le repas achevé, plus brûlants que des brandons. Table quatre, les amoureux se dévorent, se répètent dans un inlassable jeu de miroirs et de chatteries. Plus. Moi plus. Toujours. Oui, toujours. Je t'aime. Je t'adore. Trois spaghettis à la poutargue circulent au-dessus des têtes. Les narines enflent, hument. Les bouches salivent mécaniquement. Table sept, le serveur présente un Bergerac blanc, le repose dans un seau empli de glaçons avant de l'ouvrir. Il parle de rondeur et de fraîcheur, de notes d'agrumes et de litchi. Les clients opinent, ils n'y connaissent rien. Table dix, ils étudient la carte, se comprennent avant les mots, le legs de vingt-cinq ans de mariage : ce sera Saint-Jacques snackée et mousseline de petit-pois pistache pour monsieur, asperges vertes, espuma de parmesan et œuf poché pour madame.

Table cinq, les copines gloussent, déballent le mari, les enfants, la libido, les vergetures et les projets de vacances sur la nappe, en vrac, sans pudeur, entre deux merveilleuses bouchées. Des habitués ronronnent dans les coins les plus douillets de la salle. Une famille s'installe. L'écosystème joyeux et bruyant de La Pourpre.

Les serveurs dansent entre les tables, avalent des kilomètres invisibles. Ils possèdent plusieurs paires de bras, portent des trésors brûlants, débarrassent des montagnes dangereuses de vaisselle, retournent en cuisine, repartent en salle toujours lestés, avec un sourire inoxydable. Ils se déplacent avec l'ardoise géante qu'ils calent sur une chaise. Trouvent un coussin pour rehausser le petit. Débouchent une bouteille. Enlèvent les miettes sur les nappes. Jonglent avec les verres. Prennent le pouls de l'ogre à cinquante bouches qui s'attable ici à chaque service, décomplexé, rabelaisien, jamais repu. C'était bon ? Le chef sera ravi... un producteur de la région oui. Brousse du Rove... ce sont des asperges vertes de Mallemort... de la poutargue de Port-de-Bouc. Le chef travaille avec des producteurs régionaux. Un petit dessert pour finir en beauté ? Impossible de dire non à Lola, qui prend commande. À la base de son cou, les clients peuvent lire Carpe Diem, une invitation supplémentaire à la gourmandise.

En cuisine, c'est le coup de feu. Samuel termine le dressage, un éventail de tuiles cacaotées et boules de sorbet chocolat au piment d'Espelette sur un disque de coulis de kumquat. Graphique, épuré, sensuel. Un clin d'œil aux Pim's de son enfance. Il s'éponge le front, donne son feu vert pour faire partir le dessert en salle, saisit un nouveau bon.

— Une Saint-Jacques, deux tartelettes. La suite de la table trois. Deux spaghettis, un maquereau.

— Oui chef.

Samuel est l'aboyeur. La voix, le cœur et l'œil. Présent à chaque service, cinq jours sur sept, pour dicter les tâches, impulser le rythme, goûter, rectifier, aiguillonner, accorder les éléments de sa brigade, s'assurer de l'hygiène, de la sécurité, apporter une dernière touche au dressage. Un chef d'orchestre attentif à tous et à tout. Le sixième jour, il laisse les rênes à Lucas, son second, pour profiter de Camille. Depuis bientôt trois ans qu'ils évoluent ensemble dans cette cuisine, qu'ils se complètent, s'anticipent, les employés et lui travaillent comme une seule main. Ils se connaissent par cœur. Samuel jette un œil aux deux assiettes qui arrivent sur le passe. Tarte au citron de Menton, d'un beau jaune acidulé, avec de petites bosselures de meringue brûlée au chalumeau. Tarte mangue passion vanille citron vert, caramel au beurre salé et amandine, une proposition de Lucas intégrée à la carte cette semaine. Il clôt le cycle.

— On envoie, table quatre, une tarte citron, une tarte mangue.

Samuel est un homme qui déborde. De succès. D'énergie. D'ambitions. De fatigue. De stress. Il a bien grandi en trois ans, s'est accompli. Il lui reste pourtant un objectif qu'il ne parvient pas à atteindre et qui commence à l'obséder. Il doute, devient vulnérable.

(Octobre 2019, le crapaud buffle)

Les derniers clients sont partis en début d'après-midi, indolents, confits de plaisir, le cœur et les muqueuses tapissés de sucre. Sourires léchés, professionnels, avant de donner un tour de clé et relâcher la pression du service. Dans une ambiance décontractée, la brigade a effacé les traces de l'orgie collective qu'elle venait de célébrer. Elle a rangé, filmé, daté, récuré les postes, nettoyé les sols à grande eau pendant que l'équipe en salle finissait de débarrasser, balayait, changeait les nappes, dressait à nouveau. Fenêtres grandes ouvertes pour se rincer de blanc, d'air frais. Samuel s'est occupé des stocks et des commandes, a noté les réservations, établi le plan de salle pour ce soir, posté le cliché d'un plat sexy sur les réseaux sociaux, #michelinguide #gaultetmillau #lapourpre, jeté un coup d'œil au planning.

Chacun s'est hâté de rentrer pour se dissoudre dans l'eau brûlante d'une douche, se défaire de la sueur qui a ruisselé dans le cou, le dos et jusqu'au sillon des fesses, se laver des odeurs hargneuses de nourriture. Surtout celles des grillades, des poissons, du beurre, dans le buvard des vêtements et des cheveux. Sieste bienvenue pour rebattre le corps avant de plonger dans l'atmosphère enfiévrée du prochain service, dans trois heures. Il faut une énergie féroce pour régaler chaque jour une centaine de bouches, cent becs ouverts, avides, insatiables, tyranniques qui exigent d'être nourris, cajolés, éblouis, entrée plat, plat dessert, entrée plat dessert, des centaines d'assiettes réalisées dans le ballet mordant des feux, le soubresaut sans fin des lames, l'haleine suffocante des fours, les gestes répétés, debout, jusqu'à la crampe, le poids des casseroles tenues d'une seule main, le chuintement de l'huile bouillante. Ils se sont dépêchés de partir, à l'exception de Samuel et de Lucas.

La salle du restaurant est silencieuse, figée mais le cœur de la Pourpre continue de battre en cuisine, dans les odeurs mêlées du service et des détergents. Samuel colore son caramel à feu moyen, ajoute la crème. La pâte ambrée prend une belle couleur noisette, veloutée. Lucas chinoise le dulce de leche, le verse dans un siphon. Ils dressent. Pommes, coulis de caramel, crumble, espuma. Partagent debout, silencieusement, le même dessert dans une assiette unique. Ils se regardent, bouche pleine, mâchent, laissent fondre, analysent mentalement les flaveurs, cherchent à décoder les mimiques de l'autre, sourient. Après quelques essais, ils savent qu'ils l'ont enfin, cette pomme façon tatin. C'est leur rituel. Ils décident toujours ensemble des plats phares de la carte pour la nouvelle saison. Cette semaine, ils se sont déjà accordés sur le risotto de butternut aux champignons et la tarte feuilletée aux figues, crème à la feuille de figuier. Deux très belles assiettes.

— On est pas mal là. Regarde, on a un beau jeu de textures. Les pommes cerclées nettes bien cuites, pas trop sucrées. Le caramel qui apporte de la gourmandise. Le crumble pour le côté croquant…

— Et la rondeur, l'espuma pour la douceur et la légèreté ! C'est vraiment réussi chef. J'ai l'impression de manger un nuage. J'ai dix ans, là.

— Si tu as l'impression d'être un môme, on valide. Je veux vraiment quelque chose de doux, de gourmand. Un peu régressif et cocon. On pourrait peut-être ajouter quelques cristaux de fleur de sel pour contraster avec le côté sucré.

— Une petite note iodée, c'est malin. Ça me rappelle mon enfance. Le caramel au beurre salé de ma grand-mère.

Ils rient, Samuel tapote amicalement la joue de son second, le travail est terminé pour cet après-midi. Un travail rigoureux et minutieux d'artisan. Un dernier café et ils pourront rentrer aussi chez eux pour une courte pause. Samuel commence la plonge lorsqu'il perçoit des bruits sourds et inhabituels dans l'impasse. Amenuis par le jet puissant de l'eau mais qui l'alarment. Un claquement de portière, une voix de femme, étouffée, à peine audible, couverte par celle, rugueuse, aboyante d'un homme, peut-être deux. Des rires malveillants. Samuel se rapproche des fenêtres, ce bruit qui se nourrit d'ombre ne présage rien de bon.

— Fais pas ta mijaurée… surtout avec le peu de tissu que t'as sur les fesses… on discute…

— Je vous ai dit de me laisser tranquille. Je voudrais bien rentrer dans ma voiture maintenant.

— Tu entends ça Fabien, elle nous donne des ordres... je vous ai dit de me laisser tranquille... c'est mignon...

— Lucas, il y a quelque chose qui cloche dehors.

Lucas a entendu lui aussi, il hoche la tête, ouvre doucement la porte qui donne sur l'impasse, Samuel saisit un tranchelard qu'il plaque dans son dos. Il se dresse dans l'embrasure.

— Il y a un souci ?

Acculée à une Clio rouge, il voit cette fille aux cheveux aubergine, courts et explosifs, aux jambes interminables, en mini-jupe et débardeur moulant. Elle tire sur son vêtement pour cacher ses cuisses, contracte ses épaules, terrifiée. Comme si elle s'excusait de son corps magnifique. Trop près d'elle, un cerbère au crâne rasé, d'une soixantaine d'années, massif et bedonnant, et un jeune roquet un peu voûté, boursouflé d'acné.

— Aidez-moi s'il vous plaît.

Elle dit ça, d'une voix broyée, ses grands yeux noirs fichés dans ceux de Samuel. Son cœur cogne fort, elle ne sent plus ses jambes.

— De quoi tu te mêles toi ? Tu vois pas qu'on est occupés avec la demoiselle ?

Il le balaie d'un revers d'un manche, crache un glaviot mousseux dans sa direction et rote, de manière abjecte.

— Ben si, justement. Tu es sourd mon gars ? Elle vient de te dire qu'elle voulait rentrer dans sa voiture. Donc tu vas gentiment t'écarter et la laisser partir.

Le chauve se rapproche d'un pas. Il a le visage bouffi, le cou épais fondu à sa mâchoire épaisse. Les yeux trop petits, butés, la bouche tombante. Un crapaud buffle à l'humeur sale et visqueuse. Haineux et idiot. Pour donner raison à l'intuition de Samuel, il sort trop vite un couteau de la poche de son blouson. Une lame d'une dizaine de centimètres, étincelante. Il se pavane, pique bêtement le vide, pour impressionner. Samuel ne bouge pas.

— Tu n'as pas compris que tu nous déranges ? Peut-être que je te plais...

Et il fait un bruit humide avec sa bouche, marécageux et obscène. Avant de rire gras de sa bêtise. Son ventre flasque déborde de son tee-shirt trop court. Le plus jeune sent que ça tourne à l'aigre. Son copain lui avait dit qu'ils allaient se marrer. Il a suivi. Ça paraissait facile jusqu'à ce que ce type en veste blanche sorte du mur.

— C'est toi, papi, qui ne comprends pas. Tu vas ranger tout de suite ton jouet de dînette. Le porc, en général, je le désosse.

Et pour que l'autre comprenne plus vite, il exhibe son ustensile. Une belle lame de dix-sept centimètres, aiguisée comme un rasoir. Lucas apparaît à son tour dans l'encadrement, fourchette baïonnette dans une main et couperet dans l'autre. Un argument de boucher. Le type ravale immédiatement sa morgue.

— Tout doux, les gars. On voulait juste rigoler.

— Justement, on a fini de rire. Maintenant, tu dégages avec ton toutou. Et ne venez plus traîner ici, avec vos sales gueules.

Le jeune se voûte un peu plus, commence à danser d'un pied sur l'autre, nerveusement. Tout cet acier lui donne une envie furieuse de pisser. Il sent bien que son copain se dégonfle aussi, il ne fait plus peur à personne, ce gros pantin avec sa main qui tremblote derrière le Laguiole. On va se marrer, tu parles. En reculant, il bute sur une boîte de conserve, sursaute. Les deux détalent comme des lapins.

La fille se tient là, sonnée. Elle respire mal. Elle vient d'échapper au pire. Elle aimerait remercier ses défenseurs, elle n'y parvient pas. Ses jambes ne la portent plus. Ils reposent leurs couteaux, s'approchent, lui demandent si ça va. Non, ça ne va pas. J'ai envie de vomir. Les hommes, leur lâcheté, leur cruauté, leurs sales pulsions. Elle balbutie quelque chose. Elle dit que c'est sa faute, qu'elle les avait repérés, qu'elle n'aurait jamais dû tenter de reprendre sa voiture. C'était idiot de sa part de s'engager dans cette impasse, elle a manqué de discernement. Elle s'excuse alors que c'est elle la victime. Elle dit pardon, merci enfin, sa bouche est rose et brillante comme un jus de groseille.

Tout ce qu'elle a retenu se déverse d'un coup. Elle éclate en sanglots, recrache la boue. Les regards poisseux, dégueulasses, l'ordure des mots, son corps réduit à un cul, les mains sur sa jupe, la souillure de leurs envies. Elle recrache tout, le nez plein de morve, les joues mâchurées de mascara, dans les bras d'un homme qu'elle ne connaît pas mais qui vient de lui sauver la vie.

(Novembre 2019, le tableau)

La pluie gifle les vitres, se radoucit un peu, tambourine à nouveau, furieuse et perfide. Depuis quelques minutes, le ciel n'est plus qu'une gigantesque outre noire, percée de toutes parts, qui se déverse sur la ville, trop fort et trop vite. Dehors, les voitures allument des yeux jaunes éblouissants dans des gerbes d'eau sale, les caniveaux dégorgent, les gouttières concentrent la colère du ciel dans un vacarme de zinc. Les piétons courent se mettre à l'abri sous une porte cochère ou dans le ventre chaud d'une boutique. Une silhouette se débat, vêtements collés aux os, les cheveux aussi liquides que de l'encre noire. On la croirait sortie de la mer. Son parapluie s'est retourné et se démembre, devient une méduse flasque qui ne protège plus de rien. Le corps se résigne, jette le pépin désarticulé dans une poubelle, se fond au torrent qui s'abat de plus belle.

Samuel et Iris sont attablés depuis une heure dans le café, protégés de tout ce gris par le velours damassé des banquettes et les vapeurs caressantes de leur chocolat chaud. La buée forme un brouillard piqué de mille gouttes de lumière, la rue est un décor flouté. Il n'y a qu'eux, l'épisode méditerranéen ne les traverse pas. Iris n'a plus les cheveux violine mais bleu pétrole. Elle a changé de coupe, porte un carré court frangé qui met en valeur ses yeux très maquillés. Des épingles surmontées de fleurs de soie et de perles de verre ourlent ses oreilles. Elle dit qu'au Japon, les filles portent ce genre de barrettes. Elle appelle ça des kanzashi. Il contemple cette fleur bleue si sophistiquée au parfum de violette. Les traits d'eyeliner turquoise et Fidji en fers de lance, les cils bleu pâle sur la paupière du bas, charbon sur la paupière supérieure. L'obsidienne portée en ras-de-cou. L'appât pulpeux des lèvres sang. Elle paraît presque irréelle. Lui, il n'y connaît pas grand-chose en frivolités, il est marié à la créature la plus naturelle du monde. Il sourit en pensant au chignon de Camille, retenu par de simples crayons mâchouillés. Autant de féminités que de femmes.

Ils se racontent, droit dans les yeux, ne cherchent pas de convergences, ne se mentent pas, ne s'inventent pas. Ils parlent de ce projet avec enthousiasme. La proposition d'Iris l'a surpris et beaucoup touché. Elle tenait à le remercier, en lui offrant quelque chose d'intime. Il ne voulait rien, elle a insisté. Il a accepté, heureux, aussi redevable qu'elle. Il sort une enveloppe de son manteau, lui demande si elle sera en mesure de finir avant le mois prochain. Pour l'anniversaire de Camille. Elle acquiesce, tend le bras pour la saisir. À la base du poignet, il découvre un fin tatouage. Gratitude, écrit dans une police qui rappelle les vieilles machines à écrire. Il l'interroge, caresse chaque lettre du bout de son doigt pendant qu'elle lui explique. Ce mot les liera toujours. Iris, Samuel, Lucas. Sa peau est une mémoire peinte. Lorsqu'elle marche ou se déshabille, sa vie se déroule. Le Phoenix à la base de la nuque, sa résilience après l'accident. Sur les côtes et la racine de son sein gauche, le visage et la cuisse de Danaé, pour l'Art Nouveau, un mouvement artistique qui la fascine. Un arc-en-ciel au-dessus du nombril, son coming-out. Des pinceaux et des fleurs de cerisiers sur son avant-bras, les Beaux-Arts. Ces neuf fourmis noires, pour tout ce qu'elle doit à Samuel et Lucas.

Elle décachète l'enveloppe, regarde les photos, passe sa main en riant dans la tignasse de Samuel. Ils reprennent leur discussion, Iris détaille le projet, s'anime. Elle n'est plus assise devant lui mais devant son chevalet. Ses mains sont des oiseaux. Elle réalise le tableau en même temps qu'elle le décrit. Samuel suit tous les petits cailloux blancs, s'enfonce dans le cadre. Cinabre, vert de Cobalt, Véronèse, olive. Il sourit comme un gosse.

Le ciel s'est vidé. La ville reprend son rythme, sous une pluie froide, très fine et silencieuse. Samuel et Iris sortent du café, elle s'enroule à son bras pour ne pas glisser sur le bitume. Au moment de traverser, Samuel se retourne, interroge la rue. Il reprend la marche. Il lui semblait avoir entendu son prénom. À cent mètres de lui, dans la masse colorée des parapluies, sa mère et sa grand-mère le voient disparaître avec une femme qu'elles ne connaissent pas.

(Novembre 2019, mise bas)

Il cale la moto sur sa béquille, retire son casque, respire la nuit à pleins poumons. Une nuit noire, fraîche, inondée d'étoiles. Alentie et odorante. Il rêve maintenant d'une douche brûlante, de glisser sous les draps pour se mouler au corps lourd de Camille. Elle doit déjà dormir, il est plus de minuit. Ils se voient moins depuis qu'il a ouvert son propre restaurant, elle part à l'aube, il épuise le jour, un tribut qu'ils paient chacun à leur métier de passion. Quand il ouvre la porte, il s'étonne de trouver encore de la lumière, Camille est assise sur le parquet du salon, les cheveux défaits, vêtue seulement d'un vieux pull élimé et de chaussettes en laine épaisse qui montent jusqu'aux cuisses. En tailleur devant un carton, elle tient un verre à la main, qu'elle tourne légèrement. Le vin mordoré concentre la lumière feutrée des lampes. Elle parle doucement, toute seule. Il pose sa veste, intrigué, la rejoint, l'embrasse tendrement dans le cou, en l'enserrant dans ses bras, plonge son regard dans le carton. Une chatte, qu'il a déjà croisée dans le jardin, y repose sur une couche épaisse de chiffons. Elle le fixe, miaule maigrement, halète. Son ventre est énorme, tendu, cloqué de mamelles roses turgescentes.

— C'est la chatte qui rôde autour de chez nous depuis quelques semaines.
— Je la reconnais.
— J'ai pris l'habitude de la nourrir un peu, elle n'est pas farouche. Elle s'est même risquée à fureter dans la maison, une fois. Elle appelait quand je suis rentrée ce soir. Le poil de son arrière-train était couvert de glaires, elle n'arrêtait pas de se lécher. Elle est en train de mettre bas. J'ignore pourquoi mais elle est venue me chercher, j'ai jeté des bouts de tissus dans ce carton, j'ai découpé une petite porte et elle s'est installée.
— Je sais pourquoi chérie. Je ferais pareil si je devais mettre bas.
Elle sourit.
— Tu es complètement fou !
— De toi, oui, sans le moindre doute.
Et il se colle à Camille, forme avec elle un corps siamois qui ne semble pas effrayer la boule dolente de poils dans le molleton des chiffons. La chatte respire gueule ouverte, la tête en arrière, avec des mouvements de langue rapides et saccadés. Cette humaine exhale un parfum de mousse et de feuilles qui la rassure. Elle tend une de ses pattes vers Camille qui la saisit et la caresse doucement, en l'encourageant.
— C'est bien, ma belle. Tu fais du bon travail.
La minette lui répond par des miaulements brefs, elle souffre et ne reste pas en place, cherche une position de confort qu'elle ne trouve pas. Son ventre se contracte plus souvent, elle finit par écarter légèrement ses pattes arrière,

les poils sont collants, verdâtres. Après quelques minutes, la vulve laisse passer une boule noire, ramassée, similaire à la réglisse de la mère. Recouverte de mucus, minuscule. Le premier chaton, suivi du placenta. La mère commence à lécher vigoureusement son bébé pour le débarrasser de ses glaires, donne l'impression de le manger. Elle coupe le cordon ombilical avec ses dents, reprend le léchage de la petite boule aveugle qui cherche déjà une mamelle à laquelle se raccrocher. Dix minutes après, un nouveau chaton, gris clair, avec son placenta. Puis un troisième, blanc, avec un cocard noir et un quatrième, frisé et roux.

— C'est incroyable, il y a quatre chatons et aucun ne ressemble aux autres.

— Peut-être parce qu'ils n'ont pas le même père.

— Tu te fous de moi !

— Pas du tout. J'ai vu dans un reportage que les chattes pouvaient être saillies par plusieurs mâles. C'est l'accouplement qui provoque leur ovulation et plusieurs ovules peuvent être fécondés au cours d'un même cycle.

— Donc une portée multicolore…

— … peut être le fruit d'accouplements multiples. Ce n'est pas forcément le cas mais c'est probable. Une malice de la nature pour décupler les chances de réussite.

— C'est complètement immoral cette histoire ! J'espère que ton reportage animalier était interdit aux moins de dix-huit ans.

Ils rient, terminent le Sancerre, se piquent de baisers, éteignent les lumières à l'exception d'une. Dans les escaliers qui montent à la chambre, Samuel pose ses mains sur les fesses de Camille. Elle presse le pas. Dans la salle à manger, les quatre chatons colonisent déjà le ventre rond de leur mère et appellent le lait sous leurs coussinets. La chatte ne prête plus attention à ce couple d'humains, elle est devenue une matrice généreuse et béate qui ronronne.

Camille enfonce ses ongles dans le matelas, les draps sont détrempés, une coulée de lave blanche. Elle hurle, cisaille l'air, pousse, halète. Ses seins sont des coussins de chair opale boursouflés de rose. Elle écarte les cuisses, pousse de toutes ses forces pour expulser l'enfant, les veines saillantes sous l'effort. La tête apparaît, couverte de mucus. Dans une dernière contraction, le bébé se dégage, glisse dans les draps sanglants. Camille, ruisselante, saisit le corps écarlate et le présente à Samuel, un bébé mafflu, magnifique, au cou de taureau et aux yeux gris, avant de couper frénétiquement le cordon avec ses dents. Le placenta sort. C'est fini. Samuel pleure de joie, transpercé. Mais à peine reçoit-il l'enfant dans ses bras que les contractions reprennent. Camille recommence à souffler, écrasée de douleur. Elle crie, elle pousse, son ventre est une arche vivante, intumescente, pleine de vie. Une deuxième tête glisse entre les lèvres congestionnées. Samuel découvre une chevelure crépue et charbonneuse, une peau ébène, des yeux de jais. Il saisit le petit corps, troublé, l'emmaillote dans les draps pendant que Camille sectionne le cordon mais le ventre se durcit à nouveau, toujours plus volumineux, dilaté. Camille hurle et un troisième enfant glisse entre ses cuisses : une fille rousse et longue, à la peau diaphane, dont les vibrisses obscènes finissent de l'ébranler. Le vagin de sa femme s'ouvre grand, comme une gueule de murène, découvre une rangée de dents aiguisées. Tapies au fond du ventre, des pupilles scintillantes l'observent, menaçantes.

Samuel se réveille brutalement, couvert de sueur, le cœur prêt à exploser.

(Novembre 2019, la ritournelle)

Elle quitte la chaleur du lit, glisse sur le parquet, emplit la chambre de ses manières de chatte. Elle baille, s'étire pour chasser le sommeil, rejette sur ses épaules ses lourdes boucles blondes en ondoyant. Son cul danse dans la lumière, musculeux, rond, magnétique. Le bois craque légèrement sous ses pas, l'air poudré valse, suit docilement. Elle disparaît dans la salle de bains. Il entend l'eau dans la vasque, la pluie fine de la douche, les tiroirs qui s'ouvrent et se referment, le tintement des pots, le murmure d'une chanson. Il s'entortille dans le linge chaud, hume le parfum de sa tête sur l'oreiller, comme un bouquet. Il ferme les yeux, ne pense à rien d'autre qu'elle, suit la musique de son corps, de l'autre côté du mur.

Elle revient après quelques minutes, roulée dans son drap de bain, s'ébroue au-dessus de lui. Il fait semblant de protester, elle s'agite de plus belle, rit de sa malice. Ses cheveux sont une brume tiède et odorante. Une lumière dorée qui moutonne. Elle dénoue sa serviette, la laisse tomber, désinvolte, ses seins généreux explosent. Elle a envie de lui, là, maintenant. La chatte devient panthère. Elle s'assoit à califourchon sur lui, le ceinture avec les jambes, aguicheuse, exigeante. Il sent les cuisses musculeuses qui s'ancrent, la toison humide de sa femme qui le réchauffe. Dardés sur lui, concupiscents, ses yeux lui disent sans détour : prends-moi, je veux ployer sous le poids de ton corps, pousser des soupirs, des râles et des rugissements. Je veux tout. Ton corps bandé et ta sueur, nos salives mêlées et nos fluides, nos ondulations de serpents. Ruisseler, clapoter, mordre, lécher et jouir. Mon sexe est un cœur gorgé de sang qui te réclame.

Les mains de Camille jouent sur son corps, avides, caressent le cou, le torse, le ventre, s'attardent entre ses jambes. Ses boucles entortillées dessinent une cage souple et mouvante autour de leurs visages. Elle l'embrasse, le lèche, mordille son menton, lui murmure des mots de soufre et de roses. Sous sa peau blanche, celle ocellée d'un fauve prêt à bondir dans le cercle de feu. Il lui rend ses baisers, ses caresses, pétrit les seins, le ventre, empoigne ses fesses fermes et pommelées. Avec, dans un coin de sa tête, cette ritournelle anxieuse et grinçante qui l'empêche de s'abandonner.

Son cœur a envie d'elle mais son sexe ne suit pas. Pour la deuxième fois déjà en quelques jours, il reste inerte. La peau ocellée de Camille redevient blanche, son regard incandescent se ternit. Elle lui sourit, pâlement, pour taire les désirs qu'elle remise. Caresse son visage, lui demande si quelque chose ne va pas. Comment elle peut l'aider. Il s'en veut, se sent misérable.

(Novembre 2019, déflagration)

Il envoie nerveusement la main dans la boîte aux lettres, rafle les plis. Depuis plusieurs jours, Samuel s'impatiente, ne quitte plus le cadran de sa montre à l'approche du service, interrompt ses préparations dès qu'il croit reconnaître la voix du facteur ou le frottement des roues de son chariot. Il se demande si le délai qui s'étire est de mauvais augure, devient superstitieux, chaque jour plus fébrile lorsqu'il fait pivoter le cylindre de la serrure sous sa clé.

Il a franchi le pas il y a deux semaines, craint d'avoir mal fait. Il aurait dû en parler à Camille, se tourmente, éprouve du remords, comme s'il l'avait trahie. Passer sous silence, c'est mentir en creux, se soustraire à l'autre. Tromper sa confiance. Surtout quand il s'agit de quelque chose d'important. Il n'en pouvait plus d'attendre. Espérer, supputer, redouter, croire, ne plus croire. Il a surtout besoin de savoir. Il y a quinze jours, il a décidé de plonger sa main sous la berge, de creuser un peu plus pour découvrir ce qu'il y avait au fond. Un oui ou un non. Quelque chose d'irréfutable. Mais il n'aurait pas dû le faire dans le dos de Camille, comme une faute. Plus le temps passe, plus l'eau paraît noire et glacée. Le limon devient de la vase.

Il reconnait la lettre, la décachète fébrilement, se coupe avec le fil du papier. En suçotant son doigt, il parcourt le document, les lignes nébuleuses. Il ne saisit pas tous les termes, les trouve torturants. Hostiles. Lorsqu'il lit les conclusions, il comprend juste qu'il n'y a rien à espérer. Quelque chose se casse en lui, il se sent vide, terriblement. Son visage se brouille, le regard s'assombrit et se durcit. Il jure, se mord les lèvres, envoie des coups de pieds dérisoires dans la porte et dans le vide pour décharger sa colère.

Lucas, derrière la vitre, le voit mâcher sa rage, s'agiter douloureusement sur le trottoir, le visage fermé et gris comme une tombe. Il devine le coupable, affreusement chiffonné dans sa paume. Depuis quinze jours, le chef est préoccupé, moins patient avec la brigade, plus irritable. Il ne tient pas en place, murmure entre ses dents, critique, grogne crescendo. Les plats ne sont jamais assez bons, le dressage jamais assez minutieux. Les sauces sont fades, trop salées, trop épaisses, trop grasses. Les poissons trop cuits. Tout est parfaitement calibré pourtant et le restaurant ne désemplit pas, les clients affichent le même sourire. Il espère que Samuel n'a pas de problèmes de gestion, que la Pourpre est solide. Un établissement, c'est beaucoup de pression, il ne voudrait pas que le chef craque. Il n'ose pas évoquer le sujet avec lui. Il le suit des yeux, inquiet, le regarde se débattre avec lui-même : il ressemble à un môme sonné et furieux qui vient de se prendre une volée de gifles sans pouvoir les rendre. Samuel relâche le poing, ankylosé et blanc d'avoir trop serré. À l'intérieur de sa main, le pouvoir de déflagration invisible des mots. Il fourre la boule de papier dans la poche arrière de son pantalon, essaie de retrouver une contenance, se demande comment il va se débrouiller avec ça. Comment il va aborder le sujet avec Camille. Il a honte, se sent coupable de ce qu'il est et de ce qu'il a fait. Il rentre en cuisine, tout le monde s'affaire, le nez dans les casseroles. L'air est électrique.

— Un problème, chef ?
— Reste focus sur le service Lucas. On ne fera pas cinquante couverts en bavardant.
— Oui, chef.

Samuel est partout. Sur le poste chaud, au passe. Il se démène, se démultiplie, avale sans broncher la cadence, les plats, les longues flammes bleues, le chuintement du beurre, le crépitement des légumes dans le bain d'huile, le vacarme des casseroles, des portes, des hottes. Son dos ruisselle, des gouttes perlent sur le visage, dans les cheveux. Il travaille mécaniquement, accélère. Il couvre, déglace, braise, grille, brûle, enfourne, épaissit, réserve, saisit, rafraîchit. Il parvient encore à penser. Il lui en faudrait plus pour se vider la tête, contenir sa colère. Il sent qu'elle bout, déborde. Elle est comme une vague immense et mugissante. Il ne veut pas se laisser submerger, il ne veut surtout pas pleurer. Alors, il avale une plus grosse quantité de travail. Plus vite. En transe devant les feux. Samuel et sa rage dévorent l'espace des cuisines. L'équipe fait ce qu'elle peut, le seconde sans le contrarier. Il faut juste attendre l'acmé.

Plusieurs fois, Lucas tente de le raisonner. Le chef lui fait peur. Il se déchaîne au-dessus du piano, buté et survolté. Samuel attrape la mandoline, frotte une poire, paume à plat. Il reprend la casserole, grimace, la queue est brûlante. Il déglace au cognac. Une grande flamme jaune jaillit, meurt aussitôt. Samuel sent son cœur qui cogne dans sa poitrine, sa colère est en train de prendre le dessus. Encore plus vite. La mandoline, une deuxième poire.

Samuel hurle. Il vient de s'entailler profondément la base du pouce. Son cœur s'est déplacé dans sa main.

(Novembre 2019, l'onde P)

Juste avant le séisme, l'animal détecte dans le sol la vibration légère de l'onde P avant le roulis de l'onde S, qui cisaille la terre. Les scientifiques ne connaissent pas les causes exactes de ce sixième sens, ne savent pas s'il est corrélé à l'ouïe, à l'odorat, au toucher. Peut-être que la terre a une autre odeur, plus minérale, plus chaude, quand elle s'apprête à être éventrée. Peut-être aussi qu'elle crie à sa manière, craque, grésille. Un râle de surprise avant son agonie.

Au moment où la paume de Samuel passe sous la lame de la mandoline, cela fait exactement quinze jours que Camille a détecté le signal. Danger imminent. Le désir de Samuel est au point mort, ça la rend nerveuse. Depuis, elle renifle son mari, incrédule, inquiète, se demande si la menace vient de lui, se reproche d'y penser, respire mal. Même la présence séculaire des arbres ne parvient pas à la détendre.

(Novembre 2019, confusion)

Lola pousse le vantail d'un coup d'épaule, l'air flambe. Elle s'affaire depuis plus de trois heures dans le brouhaha joyeux des tables et l'haleine chaude des cuisines, tient un monde de verre et de grelots sur son plateau. Chignon plaqué, chemise immaculée, sourire éblouissant à faire fondre la glace, compas énergique des jambes malgré ses joues carminées, parfaite jusqu'au bout des ongles.

— Chef, j'ai installé Tatsumaki au comptoir.
— Lola, elle ne s'appelle ni Tatsumaki ni Wendy…
— Marvell.
— … mais Iris. Juste Iris. Dis-lui que je me dépêche et propose-lui quelque chose à boire.

Elle opine avant de surenchérir, espiègle.

— Ce n'est pas ma faute si elle ressemble à un personnage de manga ! Je n'ai jamais vu une nana qui change aussi souvent de couleur de cheveux. Et pas du blond ou du châtain, non, ce serait trop commun ! Remarque, ça lui va bien cette couleur verte. Je kiffe !

Clin d'œil. Elle grossit la montagne de vaisselle sale que le plongeur ruisselant s'efforce de vaincre, disparaît derrière le hublot pour servir les derniers clients et finir de débarrasser la salle. C'est vrai que le prénom d'Iris lui va comme un gant. Un jour coiffée de rose, comme une confiserie acidulée et chimique, le mois suivant teinte en violine, en bleu pétrole ou en vert. Iridescente. Mouvante. Un véritable arc-en-ciel.

Samuel sourit, paraît moins sombre pendant quelques secondes. Depuis cette lettre dont il n'a rien dit, il a le visage fermé, orageux. Son chagrin ondule comme une houle, grise et faible, longue, enflée selon les heures. La brigade s'adapte à son humeur, amortit ses variations. Forte mezzo, mezzo piano, piano. Le sourire qui file sur son visage n'échappe pas à Lucas, qui se propose immédiatement de prendre le relais. Il s'occupera aussi de la caisse. Samuel le remercie, impatient de rejoindre Iris. Il sait ce qu'il doit à son équipe en ce moment, apprécie son soutien sans pouvoir le lui exprimer.

Il envoie un message à Camille pour qu'elle ne s'inquiète pas. Ces jours-ci, elle ne se couche plus sans lui, redouble de soins. Sa sollicitude le touche autant qu'elle l'afflige. Camille est intuitive, ses yeux le sondent. Il n'a pas encore réussi à lui parler, se sent chaque jour plus misérable. Lâche.

— Ça me fait plaisir de te voir.
— Bonsoir Samuel. Qu'est-ce que tu as à la main ?
— Sept points de suture.

Elle fronce les sourcils, compatissante, saisit son poignet.

— Tu ne t'es pas loupé ! Tu arrives à bosser avec un bandage pareil ?

— Je n'ai pas le choix, je ne peux pas rester les bras croisés mais c'est vrai que j'ai du mal à cuisiner ou à dresser avec ce pansement. Je suis moins précis, j'ai moins de sensibilité. Et puis, ça tire pas mal, il faudrait que je sollicite moins ma main.

— Tu t'es fait ça comment ?

— En émincant une poire à la mandoline !

Elle grimace en serrant les dents.

— J'en ai des frissons rien que d'y penser. Il n'y a pas de sécurité sur ce type d'appareil ?

— Si, bien sûr. Normalement, on utilise un charriot pour ne pas laisser la main au contact de la lame. Quand on manque de temps, un simple torchon suffit, en prenant soin de bien mettre la paume à plat. Je n'ai rien fait de tout ça, un vrai amateur. En dix ans de métier, c'est la première fois que ça m'arrive, j'avais l'esprit ailleurs. Ça ne pardonne pas.

Le regard de Samuel se voile. Pour faire bonne figure, il affiche un sourire pâle sur son visage mais Iris n'est pas dupe. Elle ne lui connaît pas cette gravité. Quelque chose le tourmente, qu'il ne partage pas. Samuel remarque le grand paquet rectangulaire à côté d'elle, emmailloté dans un papier brun épais à l'aide d'une grosse ficelle de jute. Il le caresse, se détend immédiatement.

— Tu l'as fini ! Je suis curieux de découvrir cette merveille.

— Réserve tes compliments pour le moment. Tu n'as encore rien vu. J'espère que ça te plaira.

— Ça ne peut que me plaire.

Iris dénoue la ficelle, le tableau se dévoile, terriblement émouvant : un camaïeu de verts lumineux, une forêt luxuriante, hospitalière, envoûtante, avec cinq sortes d'arbres, des chênes, des hêtres, des pins, des ifs et des érables. Piqués dans cette masse touffue de troncs et de branches, des fleurs très colorées et des fruits généreux, comme des gemmes de grosses tailles. Un Éden primitif, fécond, peint dans un style naïf, peuplé de présences visibles ou à peine décelables, fondues dans la végétation. Un cerf, un sanglier, des lièvres, des oiseaux disséminés dans les arbres. Parfois juste des yeux perçants qui semblent fixer Samuel et l'interroger. Au premier plan, dans ce décor de Douanier Rousseau, en symbiose avec la nature, lui et Camille, main dans la main. Deux amoureux sacrés, à l'aube du monde. Il porte une veste blanche, qui rappelle celle du restaurant, sourit. Elle concentre la lumière sur elle, à la manière d'un prisme. Ses cheveux sont des lianes souples et blondes, émaillées de bourgeons vifs. Une sorte de clarté, de rayonnement la traverse. Une force. Oui, c'est ça. Une grande force. Elle paraît protéger la forêt, par sa seule présence. Il suit ses contours du bout des doigts, sans oser l'effleurer.

— Je ne sais pas comment tu as réussi à exprimer cette énergie, cette puissance qu'elle a. Elle est comme irradiée…

— Crois-moi, ce n'était pas difficile, il suffit de t'écouter parler d'elle. Est-ce que tu la trouves ressemblante ?

— C'est Camille, oui. Complètement. Jusqu'au grain de beauté sous l'œil.

— Les photos m'ont bien aidée.
— La lumière est magnifique !
— C'est la magie de la peinture à l'huile. Elle fait vibrer les couleurs.
— Et tous ces verts...
— Plus de vingt nuances, pour étoffer la matière. Un beau défi. Concernant les arbres, j'ai suivi tes indications, pour bien marquer l'identité du massif. Le reste de la flore est rêvé. Débridé, beaucoup moins réaliste. Un paradis débordant de fleurs et de fruits.
— C'est superbe.

Il ne pouvait pas espérer plus beau cadeau pour Camille. Le tableau est un immense cri d'amour. Dans ce foisonnement de couleurs, symbolisé, tout ce qui fonde leur histoire : la terre d'abondance, le banquet originel, l'art de la chère. Le sanglier, une allégorie de leur rencontre. Les variétés d'arbres, l'extraordinaire biotope de la Sainte-Baume. Le cerf, leur voyage de noces.

Camille, au centre de la toile, ne semble pas simplement veiller sur la forêt, elle lui insuffle sa vitalité, l'anime, comme un cœur. Elle tient tout en équilibre. Cette vérité qui émane du tableau le saisit douloureusement. Sans elle, son monde s'écroule. Il n'est qu'un pauvre pantin blanc figé dans vingt nuances de vert, le chagrin ravalé au fond de son sourire, une main tendue dans le vide. Il éprouve soudain une frousse terrible de la perdre. Une ombre passe dans ses yeux.

— Samuel, je ne veux pas paraître indiscrète mais tu n'as pas l'air dans ton assiette.

Il pirouette.
— Ce serait un comble pour un cuisinier tu ne crois pas ?
Son rire lui tord la bouche.
— Tu n'es pas drôle.
— C'est vrai que j'ai connu des moments plus fastes.
— Tu veux en parler ?

Camille regarde sa montre, Samuel ne devrait plus tarder. Elle lit les dernières pages de son roman lorsqu'elle reçoit une notification sur son téléphone. Elle y répond machinalement. Après quelques secondes, curieusement, ce message prévenant l'alerte. Une ride profonde se creuse entre ses sourcils. Elle le relit. *Ma puce, je rentrerai un peu plus tard ce soir. Ne m'attends pas.* Dans son cerveau, une lumière rouge s'allume. Danger imminent. Elle se rhabille d'instinct, s'engouffre dans la voiture, sans chercher à raisonner ni à taire sa fébrilité. Sur le trajet qui la mène au restaurant, elle s'invente des monstres, des idées à lui tordre le ventre, des images ridicules et puantes de femme jalouse. Des idées faibles et sordides qui ne lui ressemblent pas, qui ne ressemblent pas à son couple. De grosses mouches qui bombillent dans l'habitacle. Elle qui ne craint jamais rien, craint soudain de perdre Samuel. Une menace insidieuse se dresse entre eux depuis plusieurs semaines, qu'elle ne comprend pas, ne sait pas nommer ou redoute de nommer. Une femme ? L'idée paraît tellement absurde qu'elle en rirait volontiers si elle n'était pas aussi anxieuse ce soir. Pourtant, il faut qu'elle en ait le cœur net, qu'elle suive sa peur et cette intranquillité qui commandent. Son mari n'a plus le goût de sa peau, fuit ses regards et ses avances comme si son cœur était pris dans les rets d'une autre histoire.

Elle accélère, inquiète. Les troncs rectilignes des platanes défilent sur l'accotement, happés par les phares, forment un tunnel grisâtre interminable et sinistre. Maintenant qu'elle arrive en ville, elle ralentit, essaie de se convaincre qu'elle a tort. D'être là. De se vautrer dans des idées de vaudeville méprisables. La vieille farce de la femme, du mari et de la maîtresse. Les singeries et les larmes. Elle s'en veut, ne se reconnaît pas. Malgré tout, elle continue de rouler, lentement, en direction du restaurant. Aimantée par ses mauvaises pensées, moite de culpabilité et de honte. Quand elle y parvient, elle découvre dans le halo blanc des phares deux formes enlacées sur le trottoir. Elle éteint ses feux, rabat la voiture sur le côté, abasourdie. Son cœur est une grenade dégoupillée. Elle reconnaît son mari qui tient dans ses bras cette fille aux très longues jambes. L'éclat froid de la lune lui joue des tours, elle jurerait que ses cheveux sont verts. Il ne se passe rien d'autre que ça. Une longue étreinte, les visages si proches qu'ils pourraient chacun boire le souffle de l'autre. Ils ne se cachent même pas. Elle déteste ce corps vissé à celui de Samuel, déteste le sourire qui se dessine sur le visage de son mari. Cela fait plus de deux semaines qu'elle ne lit plus rien dans ses yeux que de la souffrance contenue ou de la gêne.

Ces quelques secondes ont le goût ferreux du sang. C'est peut-être son cœur qui explose. Son regard se trouble, elle aimerait pouvoir renfoncer ses larmes et sa rage. Elle redémarre trop vite, ses pneus crissent. Dans son regard fixe, s'imprime la vision insidieuse de Samuel et de cette femme, comme deux branches entremêlées. Une image détourée, qu'elle fuit, pied au plancher.

— Merci pour ce tableau extraordinaire.
— C'est moi qui te remercie. Je te dois beaucoup. J'espère qu'il plaira autant à Camille.

Il serre longuement Iris contre lui, dans un élan de gratitude et de tendresse, sourit en imaginant l'émotion de sa femme à la vue de la toile.

— Elle va être soufflée.

Elle lève son visage vers lui, le fixe avec intensité. Leurs nez se touchent presque.

— Tu ne veux toujours rien me dire au sujet de ce qui te tracasse ? Tu gagnerais à en parler.

Samuel réfléchit. C'est ce qu'il aurait dû faire depuis des semaines. Parler à Camille. Prendre cette décision avec elle. Faire face à ses côtés. Sa femme lui pardonnera peut-être. Au moment où il s'apprête à répondre à Iris, une voiture démarre en trombe, pleins phares, se laisse avaler par la nuit dans un cri aigu et une odeur chaude de caoutchouc. Le même modèle que la voiture de Camille. Il a un mauvais pressentiment.

(Novembre 2019, disparition)

Nathalie tient le mug brûlant dans ses mains, hume l'arôme délicat de litchi et de rose qui s'en échappe. Un nuage vaporeux d'été en plein hiver. Elle entend le râle aigu du vent, l'air qui siffle et s'engouffre, impérieux, dans les gouttières, les bardages, les sorties de toits. Par intermittence, aussi, le bruit sec et assourdissant de volets qui claquent et giflent les façades.

Elle s'approche de la fenêtre, les mains cramoisies, colle son nez à la vitre, heureuse d'être à l'abri, emmitouflée dans son plaid. Ciel bleu cobalt. Derrière le contact froid du verre, le vent empoigne les arbres, s'amuse à les tordre avec rage, à les ébouriffer, les fait ployer comme des saules. Elle se dit que c'est drôle un ciel de paradis qui se déchaîne avec autant de violence. Des déchets volent, aussi légers que des feuilles, des passants agrippent leur chapeau, rabattent le col de leur manteau, transis, pliés en angle aigu. Leurs cheveux dansent, deviennent des flammes. Ils luttent pour avancer. Le mistral doit durer trois jours.

Elle boit de petites gorgées de thé, minutieuse, laisse le temps s'écouler. Elle a la chance de ne pas avoir à mettre un pied dehors aujourd'hui. Les jours de mistral, le froid s'immisce partout, jusque dans les os… Elle entend toquer, regarde le cadran de l'horloge sur le mur, étonnée. Sept heures. Elle n'attend personne, se demande qui peut venir frapper chez elle de manière aussi matinale. Elle n'est pas arrivée dans l'entrée qu'une volée de coups s'abat sur la porte. Inquiète, elle accélère, jette un coup d'œil par le judas. Derrière la lentille en verre, Samuel tambourine sans répit, l'air hagard. Elle se dépêche d'ouvrir, avant que la porte ne cède.

— Attends, je t'ouvre !

Il a une mine défaite, le visage plus blanc que des draps. Le regard dur de chagrin et d'anxiété. Avant qu'elle ne l'interroge, il entre d'un bond.

— C'est Camille !

Elle blêmit.

— Qu'est-ce qui se passe Sam ? Il est arrivé quelque chose à Camille ?

— Je ne sais pas où elle est. J'espérais que tu en saurais plus que moi.

— Non. Je suis désolée.

— J'imaginais qu'elle t'avait peut-être téléphoné, qu'elle était passée te voir… je ne sais pas. Elle a quitté la maison hier. Enfin… quand je suis rentré hier, elle n'était plus là.

Il est très agité. Nathalie lui propose de boire quelque chose de chaud. Il décline, elle insiste. Il la suit, sans réfléchir. Elle met l'eau à chauffer. Derrière elle, Samuel ne tient pas en place, consulte l'écran de son mobile, se fige, jette un regard à la fenêtre, consulte à nouveau le téléphone, porte ses ongles à la bouche en se raclant la gorge, reprend ses va-et-vient. Sa nervosité est contagieuse.

Elle verse l'eau frémissante dans un bol. Le nuage de vapeur chaude qui s'en dégage exhale à nouveau un parfum d'été. Dehors, le vent redouble de violence. Elle lui commande de s'asseoir, son fils lui donne le tournis à s'agiter ainsi. Il s'exécute, malheureux, piaffe d'impatience. Elle entend le talon de sa chaussure qui claque fébrilement sur le plancher. Un cœur à cent cinquante battements minute.

— Bon. Aide-moi à comprendre s'il te plaît. Ta femme est partie hier soir de la maison ?

— Oui... sa voiture n'était plus là quand je suis rentré du restaurant. La maison était vide. Je l'ai appelée mais je suis tombée sur son répondeur. J'ai laissé un vocal, puis un autre et encore d'autres car je n'arrivais pas à la joindre et ça me rendait fou. Elle a fini par m'envoyer un message, certainement pour avoir la paix. Elle m'a écrit qu'elle ne voulait pas me parler. Qu'elle était en colère après moi. Qu'il était inutile que j'insiste. Tu connais Camille. Je n'ai plus insisté. J'ai passé une nuit blanche à me demander où elle avait pu se réfugier.

— Elle a emporté ses affaires ?

— Je ne sais pas, peut-être quelques-unes. À vrai dire, je n'ai pas vraiment regardé.

— Vous vous êtes disputés ?

— Non, pas du tout. En ce moment, c'est compliqué entre nous mais...

— C'est-à-dire ?

— Je ne souhaite pas en parler maman.

— C'est peut-être nécessaire, tu ne penses pas ? Tu viens défoncer ma porte à l'aube. Tu ressembles à un fantôme, Camille a disparu. Tu me dis qu'elle est en colère après toi, que c'est compliqué entre vous. La situation me paraît bien tendue. Commence déjà par m'expliquer ce qui se passe.

— Je pense que Camille m'a vue avec une autre fille hier soir devant le restaurant et qu'elle s'est imaginé des bêtises.

— Il s'agit de la fille aux cheveux bleus ?

— Tu connais Iris ?

— Je t'ai aperçu en ville un jour avec elle. J'étais avec ta grand-mère. Je t'ai appelé mais je crois que tu ne nous as pas vues. Tu as quelque chose à te reprocher ?

— Oui ! Et je m'en veux terriblement mais il ne s'agit pas de ce que tu crois. Iris est une amie et je suis fou de ma femme. Comme un crétin, j'ai fait des démarches importantes sans en aviser Camille. Je me suis piégé tout seul. Je ne sais pas comment aborder le sujet avec elle.

— Quel type de démarches ?

— Je t'en dirai plus quand j'aurai rattrapé le coup avec Camille. Elle doit être la première informée puisque ça la touche directement. J'ai assez fait de bêtises.

— Parfois on cache quelque chose pour protéger les autres.

— Ou simplement parce qu'on est lâche. Parce qu'on n'ose pas affronter ce qui doit l'être. Comment est-ce-que j'ai pu lui faire ça ? La laisser en dehors de nous ? Quel imbécile ! Il faut que je lui parle, j'espère qu'elle me pardonnera.

Samuel n'a pas touché à son thé. Il a déjà disparu dans l'entrée, claque la porte. Plus tourmenté que le mistral qui s'abat dehors. Dans la cuisine, Nathalie reste figée, pensive. Dans sa gorge, une boule grossit, tubéreuse, inconfortable. Ses mains légèrement tremblantes trahissent sa nervosité. La réponse de son fils résonne cyniquement.

Parfois on cache quelque chose simplement parce qu'on est lâche. Parce qu'on n'ose pas affronter ce qui doit l'être.

(Novembre 2019, les mots de pluie)

Il la devine, tout près. Peut-être à quelques mètres de lui seulement. La forêt gronde de colère. Il ne parvient pas à repérer Camille dans cette immense masse sombre qui se débat sous le vent mais il sait qu'elle est là. Fondue à la végétation, intransigeante et furieuse. Elle l'observe. Autour de lui, derrière le tronc épais d'un chêne, sous le treillis des feuillages, dans le ballet des ombres, son regard tapi, démultiplié, hostile. Comme des centaines d'yeux orageux et cinglants qui l'accusent. Il a dû lui faire terriblement mal pour qu'elle se protège ainsi de lui. Il se sent d'autant plus minuscule. Pitoyable. Lorsqu'il l'appelle, sa voix meurt aussitôt. Les bourrasques éteignent chacun de ses mots et le réduisent au silence. Il n'est qu'un pauvre pantin muet qui s'agite.

Il lui demande pardon, de toutes ses forces. Une ombre file sur sa gauche. Il sursaute, scrute nerveusement le bois, sans rien trouver. Son cœur cogne fort. Camille n'est pas une femme que l'on peut décevoir. Il entend des craquements derrière lui, se retourne d'un bond : des branches s'agitent lourdement, ploient vers le sol, se redressent, échevelées. Le mistral joue impudemment, la forêt change en permanence. Il avance à l'aveugle, se griffe, se prend le pied dans une racine. Une longue tige se rabat d'un coup, le gifle au visage. Il jure. Une forme glisse à nouveau sur sa droite. C'est elle, il en est sûr.

Il se fige, dans sa direction, hurle tout ce qu'il est venu lui dire, parce qu'il n'a plus le temps. Parce que le vent l'oblige. Il libère ses mots de pluie, souterrains, troubles, barbouillés de fange. Toute sa douleur. Ses excuses. Sa nuit blanche, son refus de la perdre. Sa honte. Sa peur d'être rejeté. C'est vrai, il n'a pas été à la hauteur de leur couple. Il s'est fourvoyé, s'en veut affreusement. Il n'a pas tenu sa promesse de ne pas les abîmer. Il n'est qu'un pauvre con. Elle est la seule. Elle sera toujours la seule. La femme de sa vie. Il n'y a personne d'autre. Pas de maîtresse. Juste une confusion absurde. Il hurle cet amour qu'il contient depuis des semaines. Se déverse en je t'aime brouillons, dérisoires, brûlants comme des tisons. Ses résistances cèdent. Il se sent vide. Le vent le rend fou. Il n'y a rien d'autre que ce fichu vent, une marée sombre de vert, ses regrets qui rampent et qui se perdent.

Au moment où le vent redouble de force, où il croit avoir perdu Camille, il sent le regard pesant de sa femme sur sa nuque. Il se retourne, ses yeux sont plantés sur lui, intenses, sans colère. Elle accepte de discuter.

(Novembre 2019, cartes sur table)

Camille a le visage gris, chiffonné, les épaules lasses. Elle n'a pas dû beaucoup dormir. Sous le plastron dézippé de sa combinaison, les mêmes vêtements qu'hier. Samuel s'interdit de lui demander où elle a passé la nuit, se reproche les ombres bistre sous ses yeux. Des pensées âcres la traversent en permanence, crispent ses traits. Elle se tient face à lui, au bord de sa chaise, le fixe de ses yeux jade, silencieuse. Presque grave. Le reflet de la lampe s'est imprimé sur son iris, un minuscule disque de lumière, comme un confetti blanc ou le diaphragme d'un objectif ouvert pour capturer la vérité. Samuel aimerait serrer sa femme dans ses bras. C'est à lui de parler, il ne sait pas trop comment s'y prendre.
— Merci d'être là chérie.
— Je suis là parce que je souhaite y voir plus clair avant de décider quoi que ce soit. Je vais commencer si tu veux bien. Depuis hier, je ne sais plus quoi penser de nous. Ça fait quelques semaines que je te trouve fuyant. Triste. Absent. Ça fait des semaines aussi que tu ne me touches plus et ça me fout en l'air.

Samuel aimerait lui dire qu'il en crève de ne plus la toucher. Que son cœur est empli d'elle. Qu'il aime tout, ses boucles épaisses, la mâture solide de ses jambes, ses seins lourds, sa peau de lait. Ses yeux qui concentrent toutes les nuances de forêt. Ses mains puissantes et caleuses, toujours griffées, le duvet blond qui la veloute, le parfum de son corps. Sa bouche fine, ses larges fossettes, sa féminité brute, sans apprêt, son cul plantureux et ses ardeurs de femelle. Sa voix modulée par le plaisir. Que le problème ne vient pas d'elle mais de lui. De sa honte, comme une gangue épaisse qui recouvre son désir. De son corps insuffisant. Déloyal. Inutile. Elle poursuit.

— Je me suis montrée présente, à ton écoute. J'ai essayé du moins. Je te connais, je sais que tu vas mal mais tu ne partages rien. J'ai l'impression que tu refuses mon aide, que tu me laisses à distance. Par fierté, parce que tu ne me fais pas confiance ou peut-être simplement parce que tu as peur de me parler. J'ai pensé que tu avais des soucis au restaurant. Avec la brigade, un fournisseur, trop de travail… un problème de trésorerie. J'aurais aimé que tu te confies à moi, parce qu'on doit pouvoir compter l'un sur l'autre. C'est la base du mariage, non ? Respect, fidélité, secours, assistance. C'est ce qu'on s'était promis Sam. Moi, je suis toujours là mais j'ai l'impression que tu as quitté le navire. Hier soir, j'ai pris une grosse claque. Je n'imaginais pas qu'il puisse y avoir une autre femme…

— Il n'y a que toi.

— C'est ce que tu criais tout à l'heure. Tu paraissais sincère. Franchement, je ne comprends plus rien. Je n'ai pas fermé l'œil de la nuit, j'ai le cœur en vrac. Alors, ne m'embobine pas.

— Tu as raison, j'ai fait n'importe quoi et je m'en mords les doigts. Je ne veux pas te perdre Cam. Je vais commencer par dissiper cet affreux malentendu. La fille que tu as aperçue hier soir s'appelle Iris. Je t'ai déjà parlé d'elle.

— La nana à qui vous aviez porté secours avec Lucas ?

— Oui.

— Qu'est-ce qu'elle faisait dans tes bras ?

— On se disait au revoir. Elle essayait aussi de me tirer les vers du nez, elle m'a trouvé taciturne et s'inquiétait pour moi.

— Elle n'est pas la seule.

— Je la serrais aussi dans mes bras pour la remercier. Il n'y avait aucune ambiguïté dans mon geste, tu as pu voir que je ne me cachais pas.

Elle plante ses yeux dans les siens, le sonde. Lui aussi la fixe, soutient son regard vert sans ciller.

— Je t'aime à en crever Camille et si ça ne suffit pas à te convaincre, Iris n'aime que les filles.

Elle se détend légèrement, reste toutefois sur la défensive.

— Tu la remerciais de quoi ?

Malgré l'enchaînement des questions, Samuel sent qu'elle ne cherche pas à le piéger. Elle décortique, suit le fil logique de sa pensée. Elle a toujours été directe, ne refoule rien.

— Elle m'a offert un cadeau. En fait, il s'agit plutôt d'un cadeau pour nous deux. Quelque chose de très personnel. Elle l'a apporté hier soir. J'ignorais qu'elle passerait à la fin du service. Je t'ai envoyé un message tout de suite pour que tu ne t'inquiètes pas. Visiblement, il a eu l'effet inverse. Si tu étais descendue de la voiture, j'aurais pu te présenter Iris. Elle a très envie de te rencontrer.

Le visage de Camille se crispe, traversé par quelque chose de douloureux.

— Hier soir… quand j'ai vu cette fille dans tes bras… Iris… c'était dur… très dur… ton sourire m'a fait mal. Ça fait des semaines que tu ne souris plus.

— Je sais.

Samuel se lève, revient après une minute, un grand paquet enveloppé de Craft sous le bras. Il le pose sur une chaise face à elle, tire sur la ficelle. Le papier glisse au sol et dévoile un tableau très intime. Inattendu. Terriblement émouvant. Camille y découvre son double : une Vénus à l'épaisse chevelure dorée, des flammèches blondes piquées de feuilles. Son corps balance, très sensuel. Une lumière douce en émane, comme une autorité. Une présence forte. À côté d'elle, Samuel, dans un vêtement qui pourrait être sa tenue de travail. Heureux, terriblement, comme elle ne l'a pas vu depuis des semaines… Son cœur se pince. Derrière eux, sa forêt. La Sainte-Baume. Elle reconnaît les feuilles crénelées et l'écorce écailleuse des chênes, les feuilles à cinq lobes des érables, celles ovales et alternes des hêtres. Les aiguilles des pins, celles lancéolées des ifs. Dans ce monde miniature, des éléments de leur histoire. Le cerf en rut de Tronçais, le sanglier fantôme affublé d'une touffe de poils verts, comme un gri-gri ou un clin d'œil à sa propre tenue professionnelle.

Sa bouche s'est ouverte, arrondie. Un o muet et inconscient se dessine sur les lèvres. Son regard s'éclaire, lave son visage. Elle se tourne vers Samuel, bouleversée.

— C'est magique…

— Hier, je souriais comme un gamin en t'imaginant poser tes yeux sur ce tableau. C'est la dernière image que j'ai eu à l'esprit avant d'entendre crisser les pneus de ta voiture. Avec Iris, on s'est vus il y a quelques mois dans un café. Elle m'a posé beaucoup de questions. Elle m'a fait parler de nous, de toi pendant des heures. Elle m'a demandé ce qui était essentiel dans notre vie et ce qu'elle pouvait représenter. J'ai évoqué notre rencontre. Notre voyage de noces. Nos métiers. Nos balades dans la Sainte-Baume. Ce tableau est notre temple. C'est nous. Iris m'avait promis de le terminer avant ton anniversaire.

Camille se redresse, délestée d'un poids.

— Je suis ridicule.

— Au contraire tu me connais bien. J'ai fait quelque chose dont je ne suis pas du tout fier et j'ai peur que tu me rejettes.

Elle fronce ses sourcils, le dévisage, perplexe. Samuel tire de sa poche une boule de papier, la défroisse nerveusement, lisse un document qu'il lui tend. Le regard de Camille se trouble : elle s'est débattue toute la nuit avec l'image d'une femme aux cheveux verts dans les bras de son mari. Une idée aigre, douloureuse mais qui avait des contours nets. Avec ce morceau de papier chiffonné, elle ne sait pas à quoi s'attendre, devine que ce sera douloureux, se demande si ça peut être pire qu'une maîtresse. Son cœur bat fort, jusque dans ses tempes. Une vraie balle rebondissante. Elle commence sa lecture, son visage change. Un ciel régulièrement traversé de nuages. Ses traits se plissent, elle cherche à comprendre. Volume. Concentration. Mobilité. Formes typiques, atypiques.

— C'est difficile à…

Elle n'achève pas sa phrase, le cœur soudain pris dans des griffes de fer. La conclusion est limpide. Cruelle.

— Pourquoi tu as fait ça ?

— Ça fait trois ans que nous sommes mariés. Depuis Tronçais, nous faisons tout pour, mais il ne se passe rien. Ça fait quelques mois que je doute de ma capacité à avoir un enfant. Une sorte d'intuition ou de frousse dont je n'arrivais pas à me libérer. Je me suis dit que c'était con, superstitieux, défaitiste. Qu'il n'y avait aucune raison que ça ne marche pas pour nous. Qu'il suffisait de laisser le temps nous faire ce cadeau, que nous avions déjà tout. Et puis, la nuit où tu as recueilli cette chatte, j'ai fait un cauchemar atroce, tu accouchais de plusieurs bébés, tous différents et tellement différents de moi que je ne pouvais pas en être le père. Une malice de la nature pour augmenter les chances tu te souviens ? J'ai commencé à gamberger. J'ai ressenti le besoin de vérifier que tout fonctionnait correctement.

— Pourquoi est-ce que tu ne m'en as pas parlé ? Pourquoi est-ce que tu as réalisé cet examen médical dans mon dos ?

— Je ne me l'explique pas. Parce que je suis un imbécile. Parce que j'espérais me tromper, taire cette petite musique qui me rendait fou. Je ne voulais pas jouer les oiseaux de mauvais augure.

— Trois ans, ce n'est pas inquiétant. Beaucoup de couples attendent plus longtemps. Tu cherchais un coupable ? Si tes analyses avaient été bonnes, tu pensais faire quoi ? Scruter mes cycles à la loupe ? Intenter un procès à mes ovaires ?

— J'aurais lâché prise. J'aurais laissé le temps passer. Nous aurions peut-être eu un enfant, peut-être pas. Même si j'avais un désir conscient d'être papa, je n'ai besoin que de toi.

La colère de Camille retombe. Soufflée. Sa voix s'étrangle un peu.

— Tu parles de ton envie de paternité au passé ?

— Je suis lucide, je sais que je ne serai pas un géniteur. Je n'arrive plus à te toucher alors que je suis fou de toi. J'ai honte d'avoir fait ce spermogramme sans t'en parler, ça me rend malade, mais j'ai aussi l'impression de te priver de ce à quoi tu as droit. Je suis un corps vide Cam. Quand on fait l'amour, tu me dis souvent…

Samuel cherche ses mots.

— Quoi ?

— Tu me dis souvent fais-moi un bébé. Je n'en suis pas capable chérie. J'ai l'impression que tu perds ton temps avec moi, qu'il y a maldonne. Je me sens coupable, ça me révolte, ça me rend envieux et jaloux. Je n'aime pas ce que je ressens. Je deviens amer.

Camille se mord la lèvre. Ses yeux se sont assombris d'un coup. Samuel a raison. Cette phrase, elle l'utilise à l'envi, parce qu'elle est sa déclaration d'amour. Murmurée, dans la torpeur des draps, comme trait d'union entre leurs corps. Hardie, fébrile, lubrique, pour lui dire qu'elle a faim de lui, qu'elle l'a dans la peau, qu'elle brûle de le sentir dans son ventre. Pour l'éperonner, fouetter ses sens et sa virilité. Quand elle presse ses mains sur ses fesses, quand elle enroule ses jambes autour de lui, quand elle s'installe à califourchon sur lui. Fais-moi un bébé comme elle dit prends-moi, encore ou je vais jouir. Parce qu'elle ne dit pas assez je t'aime, tu es ma force, mon choix. Elle ne voulait pas le heurter. Elle n'imaginait pas à quel point ces mots, anodins pour elle, pouvaient être cruels. Injonctifs. Écrasants. Elle éprouve subitement moins de colère pour lui que pour elle-même. Elle a détruit le désir et la confiance de Samuel avec le poison insidieux de quatre mots. Un mantra avant l'amour, une lame de couteau fichée dans le cœur.

— Quelle imbécile !
— Oui je sais, je m'en veux…
— Non, pas toi ! Je suis une belle imbécile. Je me rends compte que je t'ai mis une pression de dingue en te rabâchant cette phrase. Je suis désolée Sam. Tellement désolée. Je ne fais pas l'amour avec toi pour avoir un bébé mais parce que j'ai envie de toi. Je m'en fous du volume de…

Elle jette un œil au document, le lit en diagonale.

— … de ton éjaculat, du ph et de la forme de tes spermatozoïdes. Si leur tête est allongée ou pas, si le flagelle est absent, écourté ou multiple. Je vois à peu près à quoi ça ressemble, à de minuscules têtards translucides qui se tirent la bourre mais quand tu me colles au mur, je ne pense pas une seconde à tes spermatozoïdes.

Camille quitte sa chaise, vient s'asseoir sur Samuel. Front contre front, nez contre nez. Les joues épaisses de son mari dans la paume de ses mains, elle lui demande pardon. Elle lui promet aussi de le scalper s'il s'avise de lui cacher encore quelque chose. Ils rient, se reconnectent lentement. La douleur est là, pour chacun d'eux, d'avoir ébranlé le couple. Ils s'embrassent. Les yeux de Samuel se brouillent, une larme coule, puis une autre. Des larmes de peine et de joie mêlées, un peu de sel sur les lèvres de Camille. Ils s'embrassent encore. Leurs mains passent sous le tissu des vêtements, fébriles, retrouvent le chemin de la peau.

(Novembre 2019, le cœur cousu)

La voix claire de Samuel la rassure immédiatement. Elle ne saisit pas tout ce que recouvrent ses mots, pudiques jusqu'à l'ellipse, mais se réjouit pour lui et Camille. Elle inspire profondément, trouve le courage de se lancer : elle souhaiterait aussi lui parler. C'est assez urgent. Samuel se tend au téléphone. Elle s'en veut de l'alarmer, surtout après ce qu'il vient de traverser. Il y a eu tellement d'occasions qu'elle n'a pas saisies. Seulement, les remords de son fils l'ont bousculée. Elle aimerait se libérer à son tour, faire la paix avec elle-même. Elle espère trouver les mots justes. Quand elle y pense, elle se tasse, comme si un ballon se dégonflait à l'intérieur de sa cage thoracique. Elle esquive les questions de Samuel. Il ne s'agit pas d'un souci de santé, qu'il ne s'inquiète pas. Quelque chose d'important, de personnel. Les yeux dans les yeux, ce serait mieux.

Elle se trouve ridicule après avoir raccroché. Comment peut-elle invoquer une urgence après vingt-six ans ? Elle ment à son fils depuis toujours, oblige ceux qui savent à couvrir ses mensonges. Bien sûr, Samuel connaît quelques bribes de sa propre histoire. Des miettes avares et prudentes dont il s'est contenté pour se forger, construire son récit personnel. Une mère rock'n'roll, un peu paumée, qui s'est beaucoup amusée l'année de ses dix-huit ans, enceinte d'un garçon de passage, un fantôme sexy dont elle se rappelle juste le prénom, l'allure un peu rebelle et la guitare électrique. C'est peu de concessions, peu de vérités pour se construire une identité. La découverte tardive de la grossesse, l'accouchement bien sûr, les petits boulots alimentaires et beaucoup d'amour. Sur ce point, elle n'a jamais triché. Samuel est sa plus belle réussite.

Ce qu'elle a omis de lui dire, c'est l'errance de ses dix-huit ans à peine ses bougies soufflées, les nuits chez les potes, les amis d'amis, les simples connaissances. Parfois, les nuits dans des squats, parce qu'il fallait bien dormir quelque part. Les mois de fête, d'alcool, de fumette, son silence, l'inconséquence de sa conduite pour oublier sa honte. La honte de son père. Ce qu'elle a oublié de lui dire, ce sont les mois confus, épais et informes qu'elle a maquillés de paillettes. Une longue et grande fête, nimbée de rose, plus acceptable mentalement que les nuits crasses et la brutalité d'une fugue. Elle n'a jamais évoqué la raison de son départ. Son père et sa mère convaincus qu'à dix-huit ans, elle est maintenant assez grande, mature, pour comprendre qu'ils vont divorcer, même s'ils s'aiment profondément, même s'ils s'estiment et ne renient rien de ces années passées ensemble. Ils lui jettent leur vérité de merde au visage, ambiguë, d'une seule voix, comme deux amoureux qu'ils ne sont plus. Elle ne comprend rien à leur théâtre. Pourquoi divorcent-ils s'ils s'aiment autant ? Son père, embarrassé, saisit sa main. La sienne est moite. Il lui dit simplement qu'il est amoureux, cherche un appui dans son regard. Nathalie ne parle plus, accuse le choc. Elle ne veut pas d'une autre femme dans le lit de son père, d'un autre parfum sur le lavabo. Elle ne veut faire de place à personne. Surtout pas à une pétasse qui fait exploser sa famille. Ce premier coup est le moins violent. Comme elle ne réagit pas, son père imagine qu'il peut poursuivre. Elle est tellement calme qu'elle doit lui paraître solide, plus qu'elle ne l'est vraiment. Elle ne saisit pas tout de suite ce qu'il ajoute. Des mots inenvisageables, dérangeants, obscènes qu'elle lui demande de répéter.

Il est amoureux d'un homme.

Quelque chose se fissure en elle, vif comme un coup de rasoir. Elle dit non, de tout son corps, de tout son être, le hurle au visage de son père. Non. Elle crie qu'elle refuse d'être la fille d'un pédé. Ses copains martèlent ça à son lycée, en bombant le torse. Je ne suis pas un sale pédé, je suis un vrai garçon. Elle veut être la fille d'un vrai garçon. Elle rejette son père d'instinct, avec la même violence qu'elle l'a aimé, idolâtré même. Il n'a pas le droit de lui faire ça. Il n'a pas le droit de faire ça à Sylvain, à sa mère. Elle se croit légitime pour vomir ses insultes, ses mots de caniveaux, lui martèle qu'il n'est plus son père. Sa mère lui assène alors une gifle retentissante. La première de sa vie. Elle porte ses mains à la bouche, stupéfaite, regrette aussitôt de l'avoir giflée. Elle s'excuse mais elle ne se range pas de son côté. Au contraire. Elle défend son mari, qui se vautre dans d'autres draps que les siens. Avec un homme. Elle n'a aucune fierté, n'est qu'une serpillière, une ombre. Nathalie la trouve pathétique. Marie lui rétorque qu'elle est trop jeune pour comprendre, que personne n'a le droit de les juger. Que l'amour est complexe, imprévisible, douloureux, lumineux. Libre surtout. Qu'il ne répond pas aux dogmes. Elle lui dit que son pédé de mari est un père formidable depuis dix-huit ans, attentionné, présent, dévoué, un homme résilient, courageux, qui a pris soin de sa famille. Qu'elle ne cessera jamais de l'aimer. Qu'il n'a rien à se reprocher, qu'il n'a pas choisi sa nature, comme elle n'a pas choisi la sienne. Qu'il n'est pas tombé amoureux d'un homme pour les blesser, qu'elle ne laissera personne faire encore du mal à Louis. Elle ne dit pas papa, ou ton père, elle dit Louis. Ce n'est plus sa mère qui parle mais la femme. Terriblement aimante. Nathalie ne retient pas ce mot. Encore. Elle ne saura que plus tard, trop tard, pour la prison. Elle bouche ses oreilles, elle ferme aussi son cœur. Elle n'entend plus personne. Avec ses convictions froides et butées d'ado qui décide de l'ordonnancement du monde, de ce qui est acceptable ou pas, digne ou indigne, moral ou immoral, avec son dégoût facile et sa colère aveugle, elle décrète qu'elle n'a plus de père. Elle claque la porte de la maison.

Cinq mois plus tard, elle revient frapper à la même porte. Enceinte de trois mois. Elle a besoin d'aide, a ravalé sa fierté et sa morgue. Elle ignore si elle peut encore avorter, se demande si elle souhaite seulement le faire. Ce bébé, elle ne l'attendait pas, mais peut-être qu'elle aimerait lui faire une place. Elle ne peut pas lui offrir une vie décente dans la rue, alors elle espère que sa mère acceptera de la reprendre, le temps d'y voir plus clair.

Quand la porte s'ouvre, elle se retrouve face à son père. Elle n'imaginait pas qu'il serait encore là. Il restera là, avec sa mère, jusqu'au bout. Louis et Marie ne parleront plus jamais de divorcer.

(Novembre 2019, avant le séisme)

La première fois, Marie ne prête pas vraiment attention à la sonnerie du téléphone. Elle l'entend bien, qui s'obstine derrière les murs, continue à sarcler, pliée en équerre au-dessus de son carré. Elle a l'impression que les mauvaises herbes sortent de terre toujours plus nombreuses, sourit : peut-être simplement qu'elle vieillit et ne travaille plus aussi vite. La sonnerie cesse de retentir quelques secondes, avant de reprendre. Cette fois-ci, elle pose sa houe. Ce doit être Andrea. Elle se dépêche de rentrer, quitte ses grosses bottes en caoutchouc devant la porte de la véranda. Au téléphone, Nathalie a une voix de plomb. Elle avale les mots, parait bouleversée. En l'écoutant, Marie se met subitement à trembler, comme si le froid la saisissait. Elle s'enquiert de ce que sa fille a dit précisément à Samuel. Il reste tant de zones grises.

Instinctivement, elle devine que Samuel a enfourché sa moto. Elle sait où va son petit-fils. Dans quelques minutes, il surgira dans le couloir, avec son blouson de cuir et son casque sous le coude. Il ne prendra pas le temps d'enlever sa veste, ni de l'embrasser. Il se plantera là, devant elle, avec ses questions et sa colère, convoquera avec lui tout le passé de Marie. Elle y retrouvera Louis, l'homme de sa vie. Ses souvenirs affluent déjà, si vifs. Tous ceux qu'elle refoule et contient depuis si longtemps. Elle s'étonne presque de leur violence. Marie avait fini par s'accommoder de son silence. De leur silence. Cette neige qui a tout recouvert, il y a plus de vingt-six ans. Les cris, la porte qui claque, les mois à se tordre le ventre, l'absence insoutenable de Nathalie, à en perdre l'appétit, le sommeil, les larmes de Louis, les siennes. Tout ce qu'il faut exhumer aujourd'hui. Les coups qu'il faut encaisser à nouveau. Son cœur est une vraie tenaille, Samuel ne tardera plus. Elle sursaute à chaque bruit, ne tient plus en place.

Pour se calmer, elle se rend dans la cuisine, ouvre les placards et les tiroirs. Elle sort machinalement des ingrédients, des plats, des ustensiles. Elle va préparer une brioche. Son esprit dérive mais son corps s'ancre derrière la table. Son esprit dérive mais ses mains restent droites, concentrées. Elle casse deux œufs moyens dans le saladier, ajoute le lait, le sucre et le sel, bat énergiquement le tout. Elle tremble légèrement en versant la farine, la levure de boulanger, mélange, pétrit lentement, coupe le beurre mou en morceaux, l'incorpore. Pétrit à nouveau, lentement.

Lorsqu'elle lève la tête, elle tressaille. Samuel se tient devant elle, vêtu de son blouson de cuir, le regard si dur qu'il trahit sa douleur. Il ressemble trait pour trait à Louis.

(8 novembre 1975, flash-back)

Il est là, face à elle, tétanisé dans son pantalon de costume et la chemise qu'elle a pris soin de repasser avant son départ. Il n'a pas fière allure. Il n'a même plus grand-chose à voir avec l'homme qu'elle a quitté sur le quai de la gare il y a quelques jours. La bouche enflée, la lèvre surmontée d'une figue de chair violette. Des poches grises sous les yeux. Elle non plus n'est pas belle à voir, les cheveux ébouriffés, le visage maculé de mascara, à moitié nue. Ivre. Le cœur barbouillé de noir. Elle le dévisage froidement, cigarette à la main pour se donner une contenance. Elle pourrait s'effondrer.

— Je comprends ta colère.

Comment ose-t-il ?

— Je t'interdis ! Tu ne sais rien de ce que je ressens. Rien du tout !

— Je vais t'expliquer. Ça risque d'être difficile…

— Tu me prends pour une idiote. Tu penses bien que j'ai eu le temps de cogiter depuis ton coup de fil. Limpide au contraire… ça fait longtemps qu'il y a d'autres filles ?

— Marie…

Louis s'est avancé doucement. Elle refuse qu'il pose ses mains sur elle, après avoir touché un autre corps. Son ton doucereux, sa gêne, son regard par-dessous la dégoûtent. Sans réfléchir, pour qu'il ne s'approche plus, elle s'empare du verre de whisky et le jette sur lui. Celui-ci passe juste à côté de son oreille, se fracasse derrière lui en laissant une coulure brunâtre sur le mur. Louis se fige, elle aussi. Il la regarde, incrédule, elle le toise, haineuse.

— Marie, il n'y a jamais eu d'autres filles.

Elle se débat avec sa colère, se demande si elle a pu mal comprendre, interpréter à tort ce qui s'est passé à Paris. Au téléphone, il a parlé de boîte de nuit, d'incident, de poste de police. Elle n'a pas vraiment eu le temps de lui poser des questions. Une lueur d'espoir la traverse. Il reprend, les yeux rivés au sol.

— C'est plus compliqué.

— Plus compliqué ? De quoi tu parles ?

Marie est à bout. Elle n'a presque pas dormi depuis l'appel de Louis. Elle n'a plus la force d'aller chercher la vérité dans les silences de son mari, au-delà des réalités tangibles de son mariage. Elle n'imagine pas ce que peut signifier cette phrase poisseuse.

— J'étais dans cette boîte de nuit où je n'aurais pas dû aller. Il y a eu une descente de police. Les flics m'ont surpris avec un homme. J'ai refusé d'obtempérer.

Elle répond mécaniquement, avec des arguments qui se dégonflent d'eux-mêmes. Des mirages.

— C'est impossible Louis. Tu es marié, tu as une petite fille.

— Je suis désolé chérie.

Elle comprend à ce moment-là. Louis a été pris en flagrant délit, dans les bras d'un homme. Le sol se dérobe subitement sous ses pieds.

Une main puissante se pose sur son bras parcheminé. Dans les yeux embrumés de Samuel, son propre chagrin, impitoyable.

— C'était le huit novembre mille neuf cent soixante-quinze, tout s'est effondré en quelques secondes. Je me souviens encore de ma réaction. Je lui ai hurlé dessus.

(Novembre 2019, trouver l'équilibre)

La terre vient de s'ouvrir. Marie laisse passer quelques secondes, ses mains noueuses agrippées nerveusement à celles de Samuel. Elle devine, au froncement de ses sourcils, qu'il fait le compte. Un compte qui appelle d'autres mots. Les répliques seront peut-être aussi violentes que le premier choc.

— Mille neuf cent soixante-quinze ? Maman m'a parlé de l'année de sa majorité ! Il y a seize ans entre ces deux dates ! Tu es en train de me dire que mon grand-père était homosexuel, que tu l'as découvert par accident au début de votre union. Vous êtes pourtant restés ensemble jusqu'à sa mort, non ? Vingt-cinq ans de mariage, je l'ai assez entendu ! Des noces d'argent ! Sylvain est né en mille neuf cent-soixante-dix-sept. De qui est-il le fils alors ? Cette histoire n'a ni queue ni tête ! Finalement, maman m'a toujours menti, toi aussi, je ne sais plus ce qui est vrai, qui je dois croire. J'ai l'impression que ma vie repose sur une farce ! C'est magnifique !

Ses mains et ses yeux se dérobent, tout son désarroi contenu dans cette douloureuse antiphrase.

— Je comprends ta colère mon chéri. Il y a tellement à dire, peut-être que tout ne peut pas être justifié non plus.

Le jour où Nathalie a appris l'homosexualité de son père, elle était complètement sonnée. Elle lui a craché des horreurs à la figure, qu'elle regrette encore certainement. C'était très violent pour elle mais aussi pour nous. Je crois que moi aussi je lui faisais honte. Dans son esprit, je ne me respectais pas assez. Pourtant, j'assume complètement ce que j'ai fait.

— Maman m'a dit qu'elle avait fugué.

— Oui, pendant trois mois. Nous étions anéantis. Louis se sentait terriblement responsable. Coupable. C'est un sentiment qui l'a habité presque toute sa vie. Les premiers jours, Nathalie s'est réfugiée chez une de ses amies. Ton grand-père lui a écrit une lettre qu'il a fait passer à cette gamine. Ta mère a disparu du jour au lendemain. Nous avons remué ciel et terre pour la retrouver, sans y parvenir. Cette douleur de ne pas savoir où est son enfant, comment elle va, si elle mange à sa faim, si elle a froid, si elle est en sécurité, est effroyable. C'est une douleur qui rend fou. Alors, on se rattache à ce qu'on peut pour ne pas sombrer. J'ai toujours entendu ton grand-père répéter que lui et Dieu ne se trouvaient pas dans le même camp. Pourtant, à partir de ce moment-là, tous les dimanches et quel que soit le temps, Louis est monté à la Croix de Provence, au sommet de la Sainte-Victoire pour prier. Deux heures à gravir la montagne sans s'arrêter, sur une terre flanquée de cailloux. À chercher le Ciel et son pardon, comme un pénitent. Il montait jusqu'à la chapelle du prieuré pour allumer un cierge, passait deux heures à redescendre. Un matin, ta mère est réapparue. Je me souviendrai toujours du visage

de ton grand-père quand il a ouvert la porte. En quelques semaines, le chagrin l'avait transformé. Il était éteint. Moi aussi j'étais devenue une ombre. Quand il a vu Nathalie, si fragile, dans l'encadrement de la porte, c'était…
Marie s'interrompt. Sa voix s'étrangle, ses yeux deviennent humides.

— Ton grand-père était terriblement nerveux, il avait peur de la faire fuir. Il ne savait même pas où se mettre, quoi dire. Il était à la fois si heureux, si inquiet, incrédule, agité, reconnaissant. Infiniment reconnaissant. C'était comme un petit miracle. Jusqu'à la fin de sa vie, il n'y a pas eu un seul dimanche sans qu'il ne remonte au prieuré pour remercier la Vierge. Pas un dimanche sans déposer un bouquet de fleurs fraîches au pied de la Croix de Provence. Même avec un mistral de tous les diables, une chaleur de plomb ou sous la flotte… Avec ta mère, nous n'avons plus évoqué l'homosexualité de Louis. Ce n'était pas par lâcheté. C'était plutôt… comme on évite certains gestes après un traumatisme pour ne pas raviver la douleur. Nous n'avons jamais reparlé non plus de divorcer. Ton grand-père avait failli perdre sa fille. Pour lui, tout était de sa faute. Ta mère a bien deviné qu'il était toujours amoureux mais il avait les ailes collées. Elle n'était plus en mesure de se battre contre lui, elle en avait bien assez de ses propres problèmes. Cette grossesse inattendue, le père biologique envolé dans la nature. Nos liens à renouer. Elle devait commencer à travailler aussi, sans diplôme, sans expérience. Quand elle est revenue, nous ne lui avons rien demandé, nous ne lui avons fait aucun reproche. Nous étions tellement soulagés qu'elle soit rentrée. La rue l'avait changée, elle n'avait plus une vision aussi binaire du monde. Elle aurait peut-être pu accepter avec le temps que ton grand-père mène une autre vie mais il n'a jamais voulu remettre le sujet sur la table. Il ne voulait pas risquer de la perdre encore une fois. S'il y a bien quelque chose dont tu dois être sûr Samuel, c'est que nous t'aimons tous. Maman, moi, Andrea. Ton grand-père aussi t'aimait comme un fou. Ça ne nous dédouane pas, mais notre amour, lui, n'a rien d'une farce.

— Mais toi mamie ? Tu savais depuis seize ans que ton mari était homosexuel et tu es restée avec lui ?

— Il y a effectivement seize ans entre ces deux événements et pour répondre à ton interrogation de tout à l'heure, Sylvain est bien le fils de Louis. Je n'ai pas fini. Tu verras que tout s'assemble.

Pendant quelques secondes, elle se demande si elle peut tout dire à Samuel. Elle n'est pas certaine qu'il puisse encaisser la suite, il paraît si fragilisé. Pourtant, elle se lance.

— Le huit novembre mille neuf cent soixante-quinze, j'ai compris que ton grand-père était homosexuel mais l'époque n'était pas du tout la même qu'aujourd'hui. Au contraire. Elle était affreusement rigide, nourrie de principes moraux que tu ne comprendrais même pas. Un autre monde. Les couples non mariés étaient mal vus. Les filles mères méprisées. Les divorces beaucoup moins fréquents qu'aujourd'hui, le consentement mutuel n'est d'ailleurs entré en vigueur qu'en soixante-seize. L'homosexualité était considérée comme un délit. Elle était encore très réprimée. Quand ton grand-père avait quinze ans, elle était même désignée comme un fléau national, au même titre que l'alcoolisme, la tuberculose ou la prostitution.

Les yeux de Samuel s'écarquillent.

— Oui, tu vois, une autre époque. Pour les hommes politiques, la nation devait éradiquer ce fléau. Une sorte de croisade morale. La société n'était pas prête, les gens parlaient de pratiques contre-nature, de déviances. Il y en avait même qui l'assimilaient à la pédophilie. L'organisation mondiale de la santé la considérait comme une maladie mentale. Tu te rends compte ? Elle l'a fait figurer dans sa liste des maladies mentales jusqu'en mille neuf cent quatre-vingt-douze !

— C'est effarant, je l'ignorais. C'était il y a si peu de temps en fin de compte. Aujourd'hui, ce sont ces convictions de l'époque qui tomberaient sous le coup de la loi.

— Absolument. Quand nous nous sommes mariés avec Louis, il commençait à y avoir des changements, soixante-huit avait rebattu les cartes de la morale sexuelle pour les hétérosexuels, les femmes avaient envie de s'émanciper, les premiers mouvements féministes voyaient le jour mais les homosexuels restaient encore à la marge de la société. Ils continuaient d'être arrêtés par la police dans les lieux où ils cherchaient à se rencontrer. Condamnés pour atteinte à la pudeur. Ton grand-père a grandi en province, dans un milieu paysan conservateur. Son père était un homme dur, arc-bouté sur une vision de la France très traditionaliste.

Il était pour une France nataliste, donc opposé à la contraception, évidemment farouchement hostile à l'interruption volontaire de grossesse portée par Mme Veil, sous la présidence de Giscard d'Estaing. Je me souviens encore de ses idées sans nuances, de son poing sur la table pour clore les discussions. La femme sous la coupe de son mari. L'homme comme clé de voûte de la famille. Alors, tu imagines bien qu'avec des principes pareils il n'aurait jamais supporté que son fils soit homosexuel. Une fiotte comme il disait. Ton grand-père l'avait bien intégré mentalement. Je crois que très tôt, il s'est résigné à entrer dans le moule.

— Tu veux dire que votre mariage était pour lui une sorte de caution, de couverture morale ?

— Non. Je pense sincèrement que ton grand-père n'a fait aucun calcul. Il ne s'est pas servi de moi pour acheter la paix avec sa famille, ni pour gagner son honorabilité, simplement il ne pouvait pas envisager de vivre pour lui-même. Il a refoulé sa nature, ses désirs, il s'est accommodé des vérités de son père, de la société. Lorsque nous nous sommes rencontrés, je l'ai vraiment séduit. Humainement, en tout cas. Je crois qu'il m'a aimée autant qu'il le pouvait. Un amour sincère et profond, très respectueux, avec beaucoup d'amitié sans doute et sans la fièvre au corps. Et puis, ton grand-père a toujours eu envie d'avoir des enfants.

Le regard de Samuel se voile. Marie ne sait pas comment l'interpréter. Elle poursuit.

— Bref. Ce jour-là, j'ai appris que ton grand-père avait été arrêté dans une discothèque et qu'il avait refusé d'obtempérer. Il faut dire que les histoires de mœurs en province étaient de vraies mises à mort sociales, il valait mieux qu'il ne se fasse pas attraper. En tentant de fuir, il a bousculé un policier. Pendant la garde à vue, il a avoué qu'il était en train de flirter avec un client de la boîte au moment de la descente de police. Ils ont chargé son dossier. Attentat à la pudeur, et violences à l'encontre d'un policier. Il a écopé d'une amende et de plusieurs mois de prison.

— C'est délirant ! Mon grand-père a été emprisonné pour son orientation sexuelle ? En France ?

— Oui. Aujourd'hui, c'est impensable mais il y a quarante ans, Louis était un délinquant sexuel. Dans la bouche des honnêtes gens, un pédéraste, une sale tapette, une tantouze. Et moi, la femme du pédéraste. J'ai partagé sa honte. Je rasais les murs. Louis m'avait menti, trompée, humiliée. J'étais vide. Je lui en voulais tellement. Je m'en voulais aussi, j'avais le sentiment d'avoir failli d'une certaine manière puisqu'il était attiré par des hommes. Mais il était seul. Il était le père de mon enfant. Alors, j'ai fini par lui rendre visite en prison, pour m'assurer qu'il allait bien, que personne ne lui faisait de mal et j'ai compris ce jour-là que je ne pourrais jamais le laisser tomber. Ton grand-père souffrait tellement. Je ressentais toute sa souffrance, il était comme une partie de moi. Je l'ai assailli de questions, ses réponses ne m'ont pas forcément toutes rassurée mais elles m'ont convaincue de trois choses. Ton grand-père était sincère avec moi. Il m'aimait à sa façon. Il était l'homme de ma vie.

— Vous avez fait quoi ?

— Louis n'a pas admis son homosexualité tout de suite, pour lui, c'était un accident, une pulsion. Il a purgé sa peine. À sa sortie, j'étais là. Il était bousillé, la société l'avait condamné comme un criminel. Son père l'a tenu au bout de sa fourche sans lui laisser la moindre chance. Sa mère et sa grand-mère n'ont pas osé prendre sa défense. Il ne restait plus que nous. Nathalie et moi. On a eu des années maigres mon chéri. Quand la société fait de toi un malade ou un salaud, c'est compliqué d'avancer. J'avais confiance en ton grand-père. Il lui fallait du temps pour se reconstruire, ce temps, je voulais le passer à ses côtés, quoi qu'il arrive. Même si j'ai accepté l'idée à ce moment-là qu'un jour, il partirait peut-être. Pendant toutes les années qui ont suivi, nous avons formé un couple ordinaire. Ton grand-père a commencé à consulter. Les homosexuels étaient traités comme des malades mentaux, il espérait se faire aider. Travailler sur sa pathologie. Sur ses pulsions. Guérir… quand je pense à ce qu'il a enduré, ça me fait un mal de chien. Ces séances le rendaient malheureux, je lui ai suggéré de les arrêter. Je ne supportais pas l'image que son psychiatre lui renvoyait. Je préférais vivre avec lui ce que notre couple pouvait vivre, avec ses différences, sa marginalité. Le présent me suffisait. Au niveau intime, évidemment, nous n'étions pas trop dans la norme. Peu de… enfin tu vois…

Samuel racle sa gorge, opine, le regard fuyant, embarrassé par la nature sans équivoque des confidences de sa grand-mère.

— Malgré tout, nous avons eu Sylvain. Le bonheur s'est installé peu à peu. Malgré le souvenir cuisant de la prison, le rejet de nos familles, l'incertitude de notre avenir ensemble. La société a changé. En mille neuf cent quatre-vingt-deux, François Mitterrand a enfin dépénalisé l'homosexualité. Nous avons vécu nos plus belles années. Des années tendres et lumineuses, où nous avons appris à recevoir chaque jour comme un cadeau. Nous avons formé une famille comme toutes les autres. Jusqu'au jour où…

Les mots se bloquent.

— Jusqu'au jour où Louis est tombé amoureux ?

— J'ai compris avant lui ce qui allait nous arriver. C'est dur de ressentir ça. Le cœur qui s'arrache, qui saigne. En même temps, j'ai toujours su que ça se passerait de cette façon. Une mort annoncée depuis si longtemps que je l'avais presque oubliée. À ce moment-là, j'ai eu affreusement mal mais je n'ai rien fait. J'ai apprivoisé l'idée. Au-delà de mes larmes, il y avait une promesse. Celle d'un bonheur plus grand pour lui. Et pour moi, le bonheur de l'avoir accompagné le plus longtemps possible, d'avoir été d'une certaine manière la seule femme qui ait compté pour lui. La femme de sa vie.

Elle sourit.

— Au début, ton grand-père a lutté contre cet amour tu sais. Il avait peur de ce qui l'attendait. Il ne voulait pas non plus nous blesser. Je crois qu'il a toujours ressenti de la gratitude à mon égard, parce que j'avais fait le choix de rester à ses côtés. En vérité, j'étais plus égoïste qu'il ne l'imaginait !

— Je ne crois pas non.

Marie baisse les yeux.

— Il avait la trouille mais son amour était plus grand que sa peur, plus grand que notre couple. Il ne s'agissait pas d'une pulsion, d'un désir physique, il était porté de tout son être vers quelqu'un. Ce sentiment, je l'avais toujours connu. Pour lui. Et lui le vivait enfin. Pour quelqu'un d'autre que moi. La vie est ironique parfois. Après des mois à le voir se torturer, je lui ai dit que je renonçais à nous. À ce que nous avions été en tout cas. J'acceptais qu'il soit heureux et il devait l'accepter aussi. Sans se soucier de moi, de la société, du qu'en dira-t-on, des enfants. Il était temps pour Louis d'être lui-même. Pleinement. Il a vécu son histoire d'amour en secret pendant encore quelques années. Quand Nathalie a eu dix-huit ans, nous nous sommes dits que c'était le moment pour nous de nous séparer. Nous séparer est un drôle de mot tant Louis faisait partie de moi. Je m'étais construite avec lui, il a toujours été mon choix. Mon sang.

Samuel sent sa gorge se nouer. Il a le sentiment d'avoir face à lui une femme qu'il connaît mal. Une autre Marie, passionnément amoureuse, forte, résolue et libre, qu'il n'aurait jamais soupçonnée.

— Il a renoncé à son histoire après la fugue de maman ?

Marie dévisage Samuel. Un sourire étrange sur les lèvres, à la tangence d'une grimace.

— Il n'a renoncé à rien. Il a vécu son amour jusqu'à la fin de sa vie. Pas publiquement mais nous avons trouvé notre équilibre. Ton grand-père n'aurait jamais accepté de perdre Nathalie. Il ne voulait plus risquer de l'affronter. Ta mère n'a pas osé forcer les résistances de ton grand-père même si elle a compris intuitivement qu'il avait une autre vie. Dans l'ombre.

— Et toi ? Pendant toutes ces années, tu n'as jamais… ?

Samuel s'interrompt. Cette question n'est pas encore formulée qu'elle lui paraît incongrue et complètement indécente.

— Je ne suis pas tenue d'être totalement transparente mon chéri. Chacun a droit à son jardin secret.

— Pardon.

— Officiellement, nous sommes restés mariés. En vérité, nous étions devenus de merveilleux amis. Je n'ai jamais cessé de l'aimer. Je n'ai aimé que lui.

— Mais… Andrea ?

Marie le fixe, incrédule.

— Mon chéri, Andrea n'est pas mon compagnon. Il est le grand amour de Louis. Je me souviens du jour où nous l'avons rencontré. Nous venions de déménager dans cette maison. Je le revois avec ses cheveux ébouriffés, ses yeux magnifiques, deux gros grains de café. Son accent irrésistible. Sa nonchalance et ses espadrilles. Quand il m'a tendu son paquet de Moka, j'ai su qu'il allait me ravir le cœur de mon mari. Nous avons vécu toutes ces années côte à côte, à aimer le même homme. Je dois dire que le fait d'être voisins nous a rendu la vie plus facile. Quand ton grand-père est mort, nous avions tant partagé, nous nous connaissions si bien que nous nous sommes encore plus rapprochés. Comme un vieux couple que nous ne formerons jamais. Nous avons appris à veiller l'un sur l'autre.

La mâchoire de Samuel s'affaisse.

(Février 2020, le grand saut)

Samuel croise ses jambes, les décroise aussitôt, saisit un Marie Claire sur la table basse, qu'il feuillète distraitement avant de le reposer. Il frotte ses cuisses, s'incline à nouveau légèrement, dégage un autre magazine, en bas d'une pile. La tour penche, quelques revues glissent, qu'il rattrape bruyamment. Il ne lit finalement que les gros titres du périodique, le replace au sommet de la pile. Il transpire, ne sait pas comment s'occuper. Ce silence dans la salle d'attente le met mal à l'aise. Les affiches le mettent mal à l'aise. Les regards posés sur lui aussi. Ceux des femmes qui scrutent son manège, se demandent sans doute quelle anomalie il peut bien avoir. Pas de spermatozoïdes, trop peu. Ou paresseux. Malformés ? Ceux des hommes, dont les gamètes ne doivent pas non plus être des champions olympiques. Un filet de sueur ruisselle le long de sa colonne vertébrale.

— Viens ici !

Camille a saisi son visage entre ses mains. Des mains de terrienne, puissantes, veinées de griffures, qui le rappellent à elle. Il ne voit plus que ses yeux jade, deux petites forêts. Sa bouche groseille. Elle dépose un baiser sur ses lèvres. Il sent son odeur de mousse et d'arbres, son cœur s'apaise.

— Ça va aller mon petit mari. Je suis fière de toi. On forme une belle équipe. Tu as fait le plus dur en venant ici.
— J'ai l'impression que tout le monde me regarde.
— C'est le cas. Parce que tu es beau.
Il lui sourit.
— Et accessoirement parce que ta chaise n'arrête pas de couiner. On dirait qu'une souris est en train de rendre l'âme sous tes fesses !
Elle éclate de rire. Un rire franc, énergique, affranchi des codes, qui balaie toute gravité et fait entrer un grand bol d'air frais dans la salle. Autour d'eux, des sourires s'esquissent.
— Je suis désolé ma puce. Si je pouvais me faufiler dans un trou…
— Tu as raison, on se casse !
Il la fixe, déconcerté. Ce n'est pas non plus ce qu'il souhaite.
— On se casse parce qu'il n'y a aucune vraie plante dans ce cabinet. Ce ne sont que des plantes en plastique ! Ce n'est pas possible de faire des choses pareilles. Je vais dénoncer ce toubib au Conseil National de l'Ordre des Médecins. Il n'a aucune déontologie.
Cette fois-ci, c'est lui qui éclate de rire. L'air devient plus léger, des couples échangent des regards amusés, leurs mains s'entrelacent.
— Je crois que c'est à nous !
Cette phrase leur est visiblement destinée. C'est à nous, une drôle de formule pour dire c'est à vous. Une manière de s'inviter peut-être déjà dans le couple. Après tout, c'est

lui, le grand sorcier de la fertilité. Dans sa blouse blanche, le chef de service les engage du regard à se lever. Massif, souriant, avec un visage carré, une barbe bien fournie et des sourcils épais. Le stéréotype du bûcheron canadien.

(Juillet 2021, la marche des fiertés)

À l'avant du cortège, le tissu soyeux, plus long qu'une traîne de mariée, est lentement déplié. Après quelques minutes, un gigantesque arc-en-ciel se déploie au sol, dominant triomphalement la place. Une clameur s'élève, euphorique, vibrante, un tintamarre de youyous, de cris et de coups de sifflets. Camille place son pouce et son index sous sa langue, cisaille l'air. Avec son béret flanqué sur le côté, elle ressemble à un berger pyrénéen qui conduirait son troupeau vers l'estive. Sur ses joues palpitent deux gros cœurs polychromes. Elle lance un clin d'œil à Samuel, radieuse. Quand elle sourit, la pointe de sa langue vient buter sur l'arrière de ses dents, un détail qui le fait toujours fondre.

Des corps se penchent, saisissent les pans de la toile, les soulèvent crânement, bras tendus vers le ciel en signe de victoire. Sous les hourras, les vingt mètres de drapeau deviennent une mer qui ondoie. Une houle multicolore, fluide et brillante, qui bouge sous le vent, visible depuis les balcons d'immeubles tout autour, où se massent les badauds. Depuis les tours, plus loin. Augmentée et démultipliée par les milliers de petits drapeaux identiques, qui s'agitent furieusement dans la foule. Des vagues pourpres, bleues, vertes. Rouges pour la vie, orange pour la guérison, jaunes pour le soleil. Une onde née outre-Atlantique il y a un demi-siècle, propagée depuis dans le monde entier. Lumière diffractée au milieu de la pluie, pour porter l'espoir né des émeutes de Stonewall.

Aujourd'hui, c'est toute une communauté, fière et plurielle, qui se rassemble à Marseille derrière ce symbole à six bandes. Le symbole d'une lutte, passée, présente et à venir, âpre malgré les strass et les paillettes, le cuir et les plumes, les faux-cils et le rouge à lèvres sang. Il y a encore tant à faire, tant à déconstruire, tant à obtenir.

Samuel serre la main de Camille et celle de Marie, Camille celle de Nathalie. Marie se tient au bras d'Andrea qui oscille de gauche à droite, comme un pendule. Une ribambelle joyeuse où se tiennent trois générations. Ils ont tous décidé, pour la première fois, de se joindre à cette foule festive et engagée. Par amour pour Louis, en souvenir de lui, avec fierté. Par conviction. Pour affirmer ce qu'ils sont, le monde qu'ils souhaitent pour eux et ceux qui viendront. Un monde plus inclusif, ouvert, humain, égalitaire où chacun aurait sa place. Ils se sont promis de revenir chaque année ensemble.

À quelques mètres d'eux, des créatures dansent sur un char, au rythme d'un remix électro de *Laissez-moi danser*. Le dos hérissé de ballons tubes, comme des polypes d'anémones de mer, torses nus, fesses moulées dans des shorts en latex ultra courts, guêtres en poils synthétiques aux couleurs pop. Au sommet du char, un personnage capte tous les regards : une diva envoûtante, au visage entièrement pailleté et aux lèvres d'or, qui chante en playback. Elle ressemble à une nymphe des bois débridée et baroque. Dans sa chevelure crêpée, bombée en vert, courent des feuilles de lierre et de grands lys. Elle porte un corset noir, avec des guipures et des lacets de satin, des cache-tétons en sequins, strass et pampilles au bout desquels se balancent des pompons. Une armature nue de jupon crinoline sur laquelle est tendue une gaze chlorophylle piquée d'oiseaux multicolores.

Samuel se tourne vers Andrea, l'interpelle en criant.

— Alors ?

— Ma che bello ! J'adore ! Grazie tesoro !

Avec sa mâchoire pointue, ses lunettes fichées de travers sur le front et son serre-tête antennes dont les ressorts et les boules tanguent frénétiquement quand il pendule, il ressemble à un insecte survolté. Lancé dans une parade nuptiale improbable et légèrement bouffonne. Il arbore son plus beau sourire à Samuel. Des dents jaunies par le temps, le café, le tabac, irrésistibles de gentillesse. Louis a eu de la chance de le rencontrer, il a dû être heureux à ses côtés. Très heureux. Samuel lui rend son sourire, se rapproche de sa grand-mère pour lui murmurer quelques mots à l'oreille. Elle, d'ordinaire si réservée, s'est drapée dans un grand drapeau à six couleurs qui lui fait une sorte de cape. Ses yeux brillent de fierté. Il la trouve drôlement forte. Inspirante même. Avec ou sans cape, il se dit qu'elle a vraiment tout d'une héroïne. Le caractère trempé, le courage, la résilience, auxquels s'ajoutent quelques super pouvoirs en cuisine et en pâtisserie qui ont nourri sa vocation. Il ne pourra jamais égaler ou surpasser ses lasagnes al forno, ni son merveilleux pain perdu. Lui aussi la regarde avec fierté. Elle est sa Wonder Woman, sans le clinquant de la tiare en or. Une héroïne silencieuse, replète, d'un mètre cinquante, aux bottes en caoutchouc et aux jambes couvertes de varicosités. La plus belle qui soit.

— Ça va mamie ? Le son n'est pas trop fort ?

— Ça va mon chéri, je survis ! En plus, je suis un peu sourde... et ils ont eu l'excellente idée de choisir Dalida, c'est plutôt une artiste de ma génération ! Je connais tout son répertoire !

Elle lève le pouce pour dire que tout va bien. En vérité, elle ne va pas bien. Ce qu'elle ressent précisément est beaucoup plus violent. Aujourd'hui, son cœur explose. Il porte les couleurs diaprées d'un arc-en-ciel. Ses jambes ne suivent plus bien sûr et elle ne pourrait plus se déhancher comme tous ces jeunes autour d'elle, ces corps tendus, musclés, si pleins de sève et de vitalité. Toutes ces âmes juvéniles qui n'ont rien de candide. Qui luttent encore, malgré l'évolution des lois, pour exister, faire valoir leurs droits, en conquérir d'autres. Un torrent d'eau emporte tout sur son passage, malgré les résistances. Aujourd'hui, il s'enfle, gronde, chargé des plus belles promesses.

Marie est une vieille dame. Elle porte le temps sur elle. En dedans, elle a toujours vingt ans et un amour fou, invisible et débordant. Elle pense à son Louis, qui serait si fier. Elle se retient de pleurer, affiche son sourire tranquille, immuable. Elle a toujours eu la solidité d'un chêne.

(Juillet 2021, les cloportes)

Ils rient, battent le pavé côte à côte. Marie ne sent plus ses jambes. Elle est fourbue. Samuel l'encourage, lui offre son bras, elle presse un peu le pas pour ne ralentir personne malgré l'élancement de son cor au pied. Andrea est fébrile. Grisé par le volume de la musique, le bourdonnement des basses, les kilomètres parcourus, les mots scandés, la foule. Tout ce magnifique désordre, le plaidoyer de ces corps libres, éruptifs, allègres. En cuir, résille, dénudés, ces visages coiffés de cornettes mais lourdement fardés. Les boas, les faux-cils, les baisers publics. Les mains sur les fesses et les seins nus. Les messages brandis dans la foule. *Fier de mon identité. Mon corps, mon genre, ta gueule. Sous les paillettes la rage. Nos désirs font désordre. You can't kill love. J'ai pas choisi d'être gay, j'ai juste eu de la chance à la naissance.*

Ils parlent de tout ce qu'ils ont vu, vécu, partagé aujourd'hui. De leur fierté. Samuel inspire à pleins poumons. Nathalie l'attrape par le cou, l'embrasse sur les cheveux. La société a tout de même bien changé, ils en sont convaincus.

Au moment où ils tournent à l'angle de la rue, ils surprennent deux hommes, bombe aérosol à la main. Leurs visages sont cachés derrière des capuches. À leur vue, les silhouettes détalent. Le panneau publicitaire de l'abribus laisse apparaître une trace noire encore dégoulinante de peinture. Une déjection de cloportes.

Mort aux pédés.

(Avril 2023, felicità)

L'air est déjà chaud pour un mois d'avril. Bientôt, tout s'épanouira. Dans son carré, Marie s'affaire. Ses doigts sont bruns d'humus. Sur la corde d'étendage qui longe le potager, un rang serré de torchons et de serviettes. Des croupions blancs balancent d'avant en arrière sur le fil : deux moineaux écoutent le murmure des hommes, vent dans les plumes. Samuel taquine sa grand-mère en continuant d'arracher les mauvaises herbes.

— Avec ton tablier à fleurs, tes sabots et ton bob publicitaire mamie, tu décoiffes !

Marie hausse les épaules en souriant.

— C'est un compliment je suppose ?

— Oui, c'est ça, un compliment. Tu es très nature !

— Ça me va parfaitement mon chéri si les lombrics et les limaces sont les seuls à admirer mes jambes de pin-up. Je ne cherche plus à me marier.

Ils rient et poursuivent le travail, ramassés sur eux-mêmes, fesses collées aux talons. Aujourd'hui, il faut pailler les rosiers, étaler le compost au pied des quelques arbres fruitiers, semer les courgettes, en godets. Les panais. Les carottes. Ils ont décidé d'en cultiver deux sortes cette année. La Touchon, lisse et cylindrique, qu'il aime beaucoup cuisiner. Sa chair est très vive, son goût délicat.

La Cosmic Purple, sucrée et très parfumée dont la peau mauve-violet contraste avec sa chair orangée. Magnifique, rôtie au thym ou dans une salade tiède de harengs doux à l'orange. Samuel aime ce travail du sol, atavique et physique. Les courbatures, les mains caleuses, les ongles noircis qu'il faut brosser. L'humilité nécessaire.

Un peu plus loin, Andrea, chapeau de paille sur la tête, dépose dans son panier d'osier des fraises aussi sensuelles que des soupirs. Sous la masse épaisse et duveteuse des feuilles, les fruits sont si nombreux qu'ils font ployer les plants. Des fraises parfumées, vermillon, bien charnues. C'est une belle année. Andrea les cueille avec soin. Deux dans le panier, une qui meurt sur la langue et il recommence. L'algorithme du bonheur. De temps à autre, il fredonne un vieil air italien des années quatre-vingt.

Felicità
È tenersi per mano, andare lontano
La felicità
È il tuo sguardo innocente in mezzo alla gente
La felicità
È restare vicini come bambini
La felicità, felicità
Felicità
È un cuscino di piume, l'acqua del fiume
Che passa e che va
È la pioggia che scende dietro alle tende
La felicità
È abbassare la luce per fare pace
La felicità, felicità

Felicità
È un bicchiere di vino con un panino
La felicità
Samuel sourit, sent sa gorge se nouer. Il a beaucoup de mal à cacher son émotion.
— Cette chanson... elle me donne la chair de poule...
— Oui, c'est tellement lui. Tellement ce qu'ils ont été... On dirait qu'elle a été écrite pour eux.
Le regard de Marie se perd, le passé se dissout. Ils sont là, bien vivants dans sa mémoire. Louis et Andrea. Onze années d'amour fou, lumineux, irréductible. Un amour relégué dans l'ombre comme une faute, contraint aux accommodements. Protégé et abîmé à la fois par le silence. Après quelques secondes, elle reprend ses esprits.
— Tu m'aides à me relever mon chéri ? Sinon, je vais prendre racine. Je n'arrive plus à le faire toute seule avec mes rhumatismes !
— Bien sûr.
Ils remontent le chemin potager, quelques planches de bois en enfilade, quand la porte de la véranda s'ouvre. Les lanières du rideau s'écartent doucement, laissent apparaître deux pieds potelés, des cuisses dodues. Une grosse couche qui couvre la moitié du ventre. Le doudou informe traîne par terre, les yeux sont encore pleins de sommeil. Sur la joue rougie, la marque du drap chiffonné.
— Louis, amore, viens voir pépé. Je vais te faire goûter une fraise !
Le visage s'illumine. La bouche crache la tétine, retenue

par un attache-sucette au body. Une petite bouche comme un bonbon.

— Aiz ?

— Oui, mon chéri. Des fraises.

Les pieds s'agitent. La démarche n'est pas encore ferme, mais la volonté si. Camille, rayonnante, tient la main de Louis. La maternité l'a rendue plus complexe et plus belle, si c'est possible.

Il aura fallu deux tentatives pour donner un coup de pouce à la nature. Et un peu plus de temps que prévu à Samuel et Camille pour que leur vie soit merveilleusement chamboulée, à cause d'une foutue pandémie qui a mis le monde à l'arrêt. Louis est né le dix-huit avril deux mille vingt-trois à l'hôpital Saint-Joseph, là où Marie avait accouché cinquante ans plus tôt de sa fille. Le service avait beaucoup changé et Marie a eu du mal à y retrouver ses souvenirs. En prenant son petit-fils pour la première fois dans ses bras, Nathalie s'est demandée si Samuel et Camille expliqueraient un jour à Louis qu'il est né d'une FIV. Après tout, l'aide à la procréation est un sujet encore très tabou. Aux regards noirs qu'elle a accusés, elle a compris qu'elle avait pensé... à voix haute et qu'ils ne partageaient pas son avis. Il n'y aura pas d'hérédité du secret.

Samuel soulève Louis, le fait voler dans les airs à bout de bras. Il l'entend rire. Un rire affranchi de tout, cristallin et contagieux. Il enlace Camille, picore sa bouche. La Pourpre est déserte à cette heure, il doit partir s'entraîner s'il veut relever le défi d'un concours qui le fait rêver depuis trop longtemps.

Remerciements

L'écriture d'un ouvrage est une aventure intime. Sa parution la transforme en aventure collective. Le livre, accueilli, porté, vibre, résonne, voyage, s'enrichit des émotions de ses lecteurs, prend de nouvelles tonalités, gagne en amplitude et en force. Je tenais à exprimer ma gratitude à tous ceux et celles qui m'ont soutenue, qui ont magnifié l'aventure de Lumière, mon premier roman, et qui m'ont donné l'envie de retrouver ma grotte pour écrire *Un parfum de moka et de térébenthine*.

Si j'oublie quelqu'un je m'en excuse par avance et lui promets de le nommer deux fois dans les remerciements de mon prochain ouvrage. Merci à tous ceux que j'aime et qui font ma force, en particulier ma mère, ma première lectrice, Jean-Luc, ma moitié d'orange, mes enfants, ma famille. Merci à tous mes amis et soutiens, ambassadeurs et ambassadrices de choc Ginette et Marie Christ, Gabrielle Sava, Anne-Marie, Pascale, Patrick, David, Yves Montmartin, Victoria Bonus, Stéphanie Castillo-Soler, Cathy, Christina, Christelle, Christian, Diana, Ombeline, Naïs, Carole, Sylvain, Frédéric, Claude, Stéphanie, Mathilde et Delphine, ma fée marraine. Je vous dois tant !

Un immense merci à Hélène Pinel et Pierre-Yves Dodat, les libraires de Mille paresses au Pradet, mes BBF (best booksellers forever) et à Marie-Blanche Cordou, écrivaine, chroniqueuse littéraire sur France Bleu Provence et France 3.

Toute ma reconnaissance aux lecteurs curieux et libres rencontrés sur Babelio. En particulier Nadia, Casimir, Gabrielle, Christine, Gabriel, Chantal, Nadine, Jean-François, Bruno, Léna, Florence, Francine, Sylvie, Julie, Audrey, Lexie, Onee-Chan, Evonia, Ketty, Céline, Cat.f, Elodie, Sarah, Amélie, Karine, Laura, Minette, Noéline, Pixis, Lounna, Valentine, Seb, Martine, Maeva, Félix, Jean-Paul, Ghislaine, Eric, Gaëlle,

Chrystèle, Laure, Cathy, Marina, Gildas, Eve, Patricia, Doriane, Nina, Marie, Laurence, Frédéric, David G, Alain, Sylvaine, Isabelle, Fabien, Bernard, Valérie, Marceline, Corinne, Fabienne, Sophie, Marlène, Fanny, Anne-Sophie, Héla, Rémi, Emilie, Sandrine, Yves, Stéphanie, Amandine, Pascal, Hélène, Denis, Yannick, Cécile, Livrement-ka, Maryline, Dominique, Roxane, Mélinda, Aurélie, Nathalie, Coati, Eveline, Toutoune, Pulul, Nadine, Béatrice, Catherine, Typhaine, Claire, Vanessa, Ptinut, Pauline, Patricia, Aurore, Alexia, Miguel, Hélène, Annie, Dany, Delphine, Caroline, Ambre, Mylène, Agathe, Ombeline, Carole, Elise, Jennifer, Anne, Sara, Jean, Victoria, Mayjo, Sébastien, Iris, Christelle, Charly, Luce, Marie Henriette, Lumia, Dorina, Edwige, Roland, Loïc, Katia, Manon, Luna et Paula. Vous êtes ma communauté de cœur ! Merci à tous les blogueurs et chroniqueurs sur les réseaux sociaux pour le coup de pouce.

Toute ma gratitude à mon dragon pour la partie technique et graphique.

Enfin, une pensée particulière pour Alain Cadéo et Grégoire Delacourt.